Jonàs

labutxaca

www.labutxaca.cat
info@labutxaca.cat

Isabel-Clara Simó

Jonàs

Edicions 62
Barcelona

La primera edició d'aquesta obra es va publicar
a Edicions 62 l'any 2016

Primera edició en aquest segell: gener del 2017

Fotocomposició: Víctor Igual
Impressió: Liberdúplex
DIPÒSIT LEGAL: B. 23.214-2016
ISBN: 978-84-16600-56-4

I

JONÀS

Quan vaig conèixer en Jonàs encara no sabia que jo era homosexual. Em repenjava a la barana del ferri de Nova York, el que va a l'estàtua de la dama de cap foradat per on transiten l'assot del món, que són (som) els turistes. Feia uns minuts que mirava l'aigua marró amb pinzellades d'oli i que intentava esbrinar el nom d'una melodia que se m'havia ficat al cap —una fotesa, potser un *jingle*, o un desagradable tema d'algun desagradable musical—, quan en Jonàs es va posar a poc més d'un metre d'on era jo. Jo sóc un tipus normal, que vol dir d'aquells que no criden l'atenció, que no són ni alts ni musculats, ni amb una forma de cap clàssica ni amb unes mans boniques. Jo sóc una persona grisa, malgrat que em mortifica dir-m'ho en silenci a mi mateix, quan les teranyines del son enterboleixen les defenses. Aquell paio era tota una altra cosa. Per començar, duia barret, un d'aquells anomenats *fedora*, i tenia els cabells llargs, fins al lòbul de l'orella, uns cabells daurats foscos i aquella barba per afaitar que fa l'efecte que ha de ser punxeguda com l'esquena d'un eriçó; els ulls, encara no ho sabia, eren d'un blau profund. Portava botes i una jaqueta d'ant, envellida, d'aquella manera que tenen les jaquetes de dir que han trescat per la vida abans de rendir-se i anar a raure als cubells de roba per a pobres.

Sóc prou idiota per adonar-me, massa tard, que l'estava mirant atònit, amb la cara de plaer inconscient que provoquen les postes de sol o les *cavalettes* de les òperes. Va girar lleugerament el cap i em va fitar. Devia calibrar-me, els segons en què la sang em pujava a la cara i intentava desesperadament apartar-ne els ulls.

—Em dic Jonàs.

I aleshores va somriure. Tenia un dels incisius d'or, com si fos un vell. Aquella dent devia tenir una història.

Un avió va esgarrapar el cel lletós i el ferri es va bressolar un instant, per recordar-nos que surem, que pesem i que la vida és un miracle fràgil. La dama de la llibertat s'acostava a nosaltres i les amples faldilles eren llargues i commovedores. Hi havia llumetes, flotant, arreplegant un raget de sol més enllà de l'illa. Jonàs era un bon nom i la meva engavanyadora timidesa se'n va anar amb les llumetes que atrapava l'aigua bruta i cansada.

—Sóc l'Àlex.

Vam xocar les mans com dos adolescents vells. Em mirava divertit com si fóssim còmplices tàcits de fets imprevisibles. Era tan bell que ofenia la vista, com si estiguessis aprofitant-te d'un privilegi excessiu —un banquer que cobra comissions secretes, un jerarca que manté concubines legals, un sàtrapa que té armes i les fa servir, un assetjador de dones, un polític que parla i parla de responsabilitat, un lladregot que ensopega un botí digne d'un pirata— i era molt difícil desenganxar-se de la seva mirada càlida. Estic hipnotitzat. I és molt agradable.

—Què no t'encaixa? Que em digui Jonàs, que sigui català o la meva dent d'or?

—No sé si posar-te un deu en perspicàcia o posar-me a mi la llufa de la vulgaritat.

—No et mortifiquis, Àlex. És Àlex, no? No et mortifiquis mai. És com masturbar-se sense desig.

—Diu Umberto Eco que la majoria dels visitants li diuen que quina cosa més ressonant és dir-se «eco», i comenta que si algú es pot imaginar que qui porta el nom no hi ha pensat un nombre immens de vegades sense ajuda de l'infeliç que vol passar per llest.

—A què et dediques?

—Ara mateix sóc en un congrés. Amb set companys, tots al ferri, allà dins bevent cervesa i fent-se passar per cosmopolites i intentant pronunciar les erres com si fossin vocals obscures. Dues són noies.

—Et dic com va això de les erres americanes: només has d'encongir la llengua cap endins. Prova-ho: digues *care*, o *thirty*...

Em feia vergonya ensenyar obertament la llengua, encongida i tot, i vaig murmurar oh, sí, funciona.

—I el congrés és...?

—Llatí.

—A Manhattan? Llatí a Manhattan?

—I tu, Jonàs, a qui mai parlaré de balenes, què fas?

—Fotografia.

—A Manhattan? Un altre fotògraf a Manhattan?

—Ningú no diu que les fotografies siguin de Manhattan.

—D'Àfrica?

Però ell va callar. Va deixar de mirar-me i va treure de la butxaca de la jaqueta d'ant gastadíssima una petaca metàl·lica i en va extreure una cigarreta llarga i prima. No va demanar permís. La va encendre. Posava un dels peus en un sortint de la barana del buc i així tenia tot l'aire d'una estrella de cinema del passat.

Ja teníem la dama a sobre quan ell va dir:

—Àlex, al carrer Vint-i-quatre amb la Primera hi ha un bar que es diu Blessy. T'hi espero avui. A les nou et va bé?

I va tirar la cigarreta a l'aigua i va entrar al vaixell, disposat a baixar-ne. Aleshores vaig veure el bony que li feia, sota la camisa, una càmera amb un objectiu prominent: dur, negre, llarg i ofensiu.

Com el meu desig. Tèrbol i incòmode.

La visita a l'illa va ser avorrida, i els comentaris estúpids. O jo estava impacient per tornar. De fet, frisava perquè fossin les nou. I estava inquiet perquè Jonàs no era enlloc, en l'illa més visitada del món. Potser t'he inventat. I he inventat el meu desig. Potser el meu desig és de gel trinxat que no fa gust de res si no hi aboques un còctel.

L'endemà, a les deu en punt, havíem de tornar a les sessions de l'American Society of Classical Languages, i els companys planificaven la nit. Hi havia tres propostes. Però jo, vaig dir, estava cansat.

—Aquest vol caçar sol, com els falcons.[1]

Van riure amb les rialles exagerades i agressives dels qui se saben a dins de la broma i me'n vaig anar, sense esperar el col·lectiu viatge en metro que em feia sentir un escolar fent campana.

A les nou era al Blessy, un bar brut, fatigat, amb flaire de suor antiga. Jonàs no hi era. Vaig seure en una taula i en un no res un milhomes, cobert de tatuatges fins i tot a la calba rasurada, em netejava inútilment la taula amb un

1. Això era d'una sèrie de moda, no me'n recordo quina.

drap brut i hi dipositava un got d'aigua amb gel. Vaig demanar una cervesa i vaig concretar que volia també un got. Detesto beure la cervesa a morro, com tothom, perquè ho fan a les pel·lícules i nosaltres ens hem assignat el paper d'imitadors passius (que, per cert, és l'única forma d'imitadors que existeix).

En Jonàs no va arribar fins a les nou i vint. Duia la mateixa roba, la mateixa càmera i un bolic, de paper de diari, a les mans.

—Arribes tard.

—No sempre les cites amb desconeguts tenen resposta.

—Vols cervesa?

—No. No bec alcohol. Prescripció facultativa.

I em va picar l'ullet.

—Et puc fer una pregunta incòmoda?

—Això és una carallada, nen! Si preguntes això, no dónes altra sortida que dir que sí. Ni que sigui per curiositat. És sobre la dent d'or?

Somreia i per sota la taula em va agafar la mà.

La meva pregunta va fugir espantada rere el meu espant i tot d'un cop el desig em va botar foc a les orelles i em va encongir la panxa, i el sexe em va esclatar a dins dels pantalons. Salivava i alhora tenia el coll ressec. La seva mà era una ferida furiosa que m'abocava a la mort dels sentits.

—La pregunta?

I tanmateix em va sortir una veu prou natural:

—Volia saber si ets homosexual.

—Imagino que tu no, Àlex. És Àlex, no? És la teva primera vegada?

—En aquest moment sóc un bebè que acaba de néixer

i que busca desesperadament un mugró del qual ja no es desenganxarà mai.

—Acaba't la cervesa. Anirem a ma casa. És aquí dalt mateix.

Va somriure i va afegir:

—M'agrada ser, per una vegada, el que inicia un altre. Em fa sentir Gran Mestre d'Orient o alcalde d'una ciutat o catedràtic emèrit carregat de medalles.

I tanmateix, quan arribàrem al seu pis, en una onzena planta d'un edifici que semblava a punt de caure, retut, entre polseguera i esgarips de rates fugitives, i va obrir la porta, vam veure que hi havia una dona, vella, dormint en el llit que ocupava bona part de l'estança.

—Merda! —va exclamar, i va tancar ràpid la porta.

Vam baixar a peu les escales, precipitadament, com si fugíssim. M'esclatava el cor i el penis m'havia desaparegut, aterrit, en algun lloc remot on potser ja no el tornaria a trobar mai.

Ja al carrer, vam seure als esglaons del portal i va treure un cigarret de la petaca.

—Qui era? La teva mare o una cosa semblant?

—I ara!

—Però és el teu llit? Casa teva?

—És la senyora Grilli. Italiana. Té demència senil. És la mare de la propietària del bar. Com que la propietària em neteja la casa, o això diu, té la meva clau. I la mare de vegades s'escapa i dorm al meu llit.

Hi va haver un silenci submarí on només se sentia el zumzeig dels pensaments. Almenys els meus. En Jonàs estava avergonyit de ser bona persona. La vergonya dels altres alleugereix la teva.

—De vegades em conviden a dinar i em regalen una ampolla de whisky del bar —va dir, en un murmuri, justificant-se.

—I la prescripció facultativa?

—No: ells ja saben que la regalo.

—I què fas quan és al teu llit?

—Passejo. Vaig a algun parc. Faig fotos. Les parets de Manhattan són com quadres de Tàpies.

—I no et fa fàstic...?

—Ai, Àlex! Si en fa de temps que no sé què vol dir «fàstic»! He menjat escarabats rostits i melmelada de mosca. Es fa amb sucre...

—No m'ho expliquis!

Em va mirar. Feia una nit humida i calenta com si et tiressin l'alè a la cara. I al cos. El meu desig ara m'esgarrapava l'estómac. Tenia els turmells de goma i les mans eren blanes i lliscoses com peixos.

No volia que s'acabés. No volia que s'acabés mai. Volia estar assegut al mig del carrer amb un tipus estrany que podia ser un esbudellador o el fantasma dels meus fastigosos i humiliants sofriments: sentir vergonya d'un mateix.

De sobte:

—Conta'm alguna cosa que t'avergonyeixi.

Vaig denegar.

—Doncs que et mortifiqui. Inèdita, sisplau.

—Un dia el meu pare va comprar un coco. Encara era exòtic, quan jo era petit. Vull dir que no era una cosa que menjaves cada dia. Vam fer la cerimònia, perquè a casa érem molt cerimonials...

—El teu pare...

—Era metge. Però no m'interrompis.

Sentia que plorava mentre parlava i tanmateix no sabia trobar-me la pena ni el neguit.

—Deia que vam fer la cerimònia: primer es fan tres forats, allà on hi ha les marques. I se n'extreu el suc, que és dolç i brut. I el pare va fer la seva martellada precisa. N'estava molt orgullós, de les seves habilitats manuals, que eren escasses. Després la mare va fer-hi fissures, com grills, i els anava separant de la dura closca i els repartia: un per al meu cosí, l'Eduard, un altre per a la Maia, la meva germana, un de tercer per a en Carles, el germà petit, i encara un altre per a la Manolita, la minyona. Els pares no en menjaven, però somreien mirant-nos a nosaltres.

»Jo vaig anar a la meva cambra, a dormir, encara amb el dolç coco a la boca, i en un no res em vaig ficar al llit, a veure si em donaven temps, abans de la imminent ordre de tancar el llum, de llegir el tebeo que tenia amagat, perquè sempre en tenia un d'amagat. Llegir tebeos era lleig, era vulgar, i al pare no li agradaven. El tenia a sota del coixí, i oh meravella, hi vaig trobar una bala, però no de vidre, sinó de plom, que li havia pispat a l'Eduard. Sentia soroll i me la vaig ficar a la boca, per amagar-la. Entraven els pares a dir bona nit i en aquell moment la bola de plom es va ficar per la laringe. Has sentit mai la mort? No hi ha túnels ni llums: és apegalosa, repugnant, és una ventosa que t'esclafa la cara. Estava ofegant-me i em moria i aleshores la mare em va fer un cop poderós a l'esquena. Va ser una hòstia bàrbara, i la bala va sortir disparada i va rebotar una vegada i una altra. També va saltar el tros de coco que estava menjant. Vaig ser conscient que tornava a la vida, que panteixava violentament, que plorava i moquejava com una font. Aleshores el meu pare es va ajupir i va agafar el trosset de coco que m'havia saltat de la boca. Es va aixecar i el va enlairar com la dama d'avui enarbora la torxa, i va dir: "Mira què n'ha fet, del meu coco". Jo tenia set anys.

En Jonàs va acariciar-me els cabells, en un gest molestíssim de compassió.

—Deixa! Estigues quiet! Que no ho saps, que l'única cosa que no podem perdonar és quan algú ha estat testimoni de la nostra feblesa?

—Bestieses! Quan tinguem un llit t'acariciaré de debò. I t'agradarà. T'agradarà com si li fessis botifarra a ton pare.

—Ara et toca a tu.

—A mi?

—Sí: una cosa vergonyosa, o desagradable.

—Tota la infància és vergonyosa. Érem febles i estúpids, i els grans abusaven d'una manera o altra de tots nosaltres. La infància és un martiri. No sols per a tu, daixò, Àlex?

—Sí: em dic Àlex. Que tens Alzheimer o què?

Va riure i va apagar la cigarreta amb el peu, sota la sola.

—El meu pare era comptable. D'una empresa que es deia Cotoneres Cairó, SL, que distribuïa teixits. Hi havia dos camions atrotinats, uns treballadors bruts i espellifats, l'amo, que era el senyor Cairó, i el seu fill Juanico, perquè la mare era aragonesa i li havia quedat el nom que li deia quan era petit. Veus? Un altre que no es va poder defensar dels abusos dels grans. La meva mare havia mort i jo era fill únic. Feia campana a l'escola, posava petards a la porta de l'entrada quan hi havia enrenou de veïns, transportava, amb les mans nues, cagarades de gos al peu de l'escala i s'armaven uns embolics fenomenals. No en feia ni una de recta. El pare em pegava sovint, i a cada pallissa em feia més dolent. Els càstigs mai no han servit de res, ni les presons no han inserit mai ningú. Ho sap tothom, però són rituals antics. Coneixes la teoria del mem? El cas és que un dia em vaig desmaiar, i a l'escola van alarmar-se, perquè tenia la pressió arterial per terra, i van fer les passes perquè em visités un metge del cor.

»M'hi va acompanyar el pare. A ell li semblava un misteri perillós i profund visitar un metge del cor. Estava empegueït i es va embarbussar parlant amb la infermera. A la fi vam entrar. El metge era fosc: roba fosca, ulls foscos, pell citrina i parlava poc. El pare va restar a la part on hi havia la taula del metge i a mi em va fer entrar rere un paravent blanc, clínic. Em va fer treure la samarreta i es va posar a practicar un electrocardiograma. Jo estava espantat. I, aleshores, va posar la mà sobre el meu sexe i el va pessigar suaument. Vaig sentir fàstic i ganes de fugir, però li tenia por a aquell home fosc que estudiava cors. Em va magrejar i després em va deixar anar. Sense ni tan sols mirar-me.

»Va prescriure una altra visita per a la setmana següent. Quan va arribar el dia m'hi vaig rebel·lar, i li vaig dir al pare què havia passat. I saps què va dir? "No diguis besties! Si és un metge molt distingit". I vaig tornar a passar per la mateixa humiliació, amb la complicitat del pare. El vaig odiar. Fins que l'odi es va fondre i va esdevenir compassió. Anys després. D'adult.

—Les persones autoritàries tenen un respecte reverencial per les que troben per sobre d'ells. Tots els autoritaris són brossa, són fem, són deixalles, són sucs fermentats de sang d'escarabat, són...

—Va bé, tio! No t'embalis. Sembles un d'aquells manifestants que criden i aguanten pancartes per tenir un món millor...

—Vols dir que fan (fem) mal fet?

—Vull dir que no cal ser tan ingenus. Que el mal és al món i que...

—Però hi ha hagut avenços, gràcies a persones que han agafat pancartes i han cridat pel carrer!

—De debò creus això? Hi ha hagut revoltes. I en totes, els revoltosos han pagat un preu massa alt. Escolta, prou de romanços. Ja hem, com es diu?, trencat el gel. Tens llit?

—Sí, al Cinquanta-quatre amb Madison. És un hotelet que està bastant bé. Però comparteixo habitació amb en Xavi Belmonte, un company.

—No ens en podem desfer?

—Caldria un ganivet esmolat, una serra elèctrica i un bagul hermètic.

—No deu haver sortit?

—Sí, però és imprevisible quan tornarà. I té clau.

—Un hotel, doncs. Com estàs de pasta?

I aleshores em vaig adonar que aquell era un desconegut, que es deia fotògraf i que el que volia era un llit. Qui es pot empassar la història d'una veïna boja que dorm al teu llit? I un rave! Sóc ingenu i poca-solta, però no sóc un babau.

—No tens pasta eh? —li vaig dir. Fins i tot jo em vaig adonar de la mena de veu, bel·licosa i despectiva, que m'havia sortit.

Va torçar el cap envers mi. Vaig veure que, literalment, els seus ulls blaus esdevenien grocs i després marrons, com el diable a les pel·lícules de por per a adolescents necrofílics. Va escopir a terra, entre les seves sabates, tot i que era una escopinada que em dedicava a mi. I aleshores va dir:

—Ets mesquí, tu, daixò, Àlex.

Es va aixecar i se'n va anar a poc a poc.

Jo vaig parar un taxi i vaig donar l'adreça del meu hotel, el Ramada, i em sentia exaltat, amb les orelles bullents, dubtant entre bufetejar-me o felicitar-me. Cap de les dues coses em semblava justa.

Només els imbècils busquen justícia. Estar viu és una injustícia. Els vius fem pudor i sofrim. Els morts també, però els enterrem ben tapats perquè no molestin.

L'habitació estava lliure i segurament en Xavi vindria a les tantes. Se'm va ocórrer cridar: «Hom es cansa aviat de les llàgrimes fredes!».[2] Que és el que li hauria d'haver dit a ell, i, com sempre, la rèplica m'arribava massa tard.

Em vaig masturbar furiosament i em vaig adormir enrotllat com un cuc.

L'endemà a les deu jo era el primer ponent. La meva comunicació era sobre els cants arvals, com a precedents dels *carmina convivalia* i els elogis fúnebres, *neniae*, de la literatura primitiva romana. Malgrat l'opinió general, jo ho trobava apassionant. Em passava a l'inrevés que a Foix: a mi m'exalta el vell i m'enamora el nou. De fet, l'exaltació pel llatí s'assembla a tots els meus enamoraments, que neden com peixos en una peixera, fent voltes sense parar i sense arribar enlloc.

No em va escoltar ningú, com sol passar, i jo vaig seure a no escoltar els altres ponents. Quan algú acabava, fèiem cops amb els artells de la mà a la taula, que és la

2. Això és del «Cant IV» de l'*Odissea*. No s'hi adiu, però sona tan bé!

mena d'aplaudiment que hom observa en àmbits acadèmics. El meu grup va fer rogle per dinar. Hi havia en Xavier Belmonte i l'Artur Puig, que sempre tenien gana, i la Mireia i la Blanca, que no s'agradaven però estaven unides per ser les úniques noies (i haver de compartir habitació: *obsequium amicos, veritas odium parit*)[3], i també en Kazia, que era de l'Afganistan, i finalment en Carles Ubach, que era fill de notari i anava sempre amb corbata i americana. Jo no en suportava cap i crec que cap d'ells em suportava a mi. A mi no em suporta ningú, perquè sóc reconsagrat. Mesquí, havia dit en Jonàs. Mesquí. És una paraula com la llengua bífida d'una serp.

Tot i així vam dinar junts, i vam quedar que escoltaríem una mica els altres, per cortesia —l'aula era petita, com la nostra ànima—, i vam enyorar Nova York quan encara faltaven tres dies per marxar-ne. Pagava la Facultat. Amb una gasiveria de monja i un control humiliant. Tant se valia: que no ens escoltés ningú, que tot fos esquifit, que odiéssim els altres amb la mateixa intensitat amb què ens odiàvem a nosaltres mateixos. La qüestió era el currículum. Aquesta era la qüestió. Érem com funcionaris de l'antigor, amb maneguins lligats als colzes i unes ulleres reforçades amb esparadrap. Érem obedients i estúpids, i pesàvem les petiteses acadèmiques com si peséssim gotes lluentes d'or. Petits i delmats, miserables rates rosegallibres, domesticats, plorosos i febles. Ancorats a una llengua morta i fent olor permanent de fulles mullades de pluja.

I en Jonàs havia marxat, havia marxat, havia marxat.

3. «Els regals fan amics; la veritat engendra l'odi»; és de Terenci, al segle II abans de Crist.

Vaig tancar-me a l'habitació incapaç d'acompanyar els companys a una estúpida expedició per Manhattan, i aleshores vaig recordar que en Jonàs havia dit que les parets de Manhattan semblen quadres de Tàpies. Vaig anar cap avall, en direcció contrària a Central Park, i m'allunyava de les portes amb veles escortades per porters imponents. Anava cap al sud, cap a la punta del final de l'illa, i a mesura que baixava anava veient Tàpies i més Tàpies, com si fos a dins d'un museu contemplant una immensa exposició seva molt especial. I sense pagar entrada, pensament tan mesquí com ho era tot jo. Ho havia dit en Jonàs.

Cap al vespre estava retut, i havia copiat més de dues dotzenes de grafitis en una llibreta de les antigues, un bloc de molles, no gens virtual. I de sobte vaig recordar el Vint-i-quatre amb la Primera i el bar Blessy. Va començar a ploure una plugeta estèril i molesta que em mullava les ulleres i em colpejava suaument l'anorac, com quan el blat esporga palla, a sota del qual havia posat el meu bloc de grafitis. Un tresor escolar contra el cor. Sentia olor de menjar i la gana m'alçava. En un deli servien bocates i vaig voler menjar-ne un caminant. Feia gust de molsa, mullat de plugim com anava, i, al final, tot i la gana, vaig llençar les restes en una paperera. Quan vaig ser a davant del Blessy només pensava en la meva aparença i en les ganes d'orinar que sentia. N'havia vist bastants, de paios encarats a la paret pixant, però jo tenia una vergonyant estima pel meu penis, ensinistrat a amagar-lo (una societat fàl·lica vigila el seu déu i el fa objecte d'orgull i esca de pecat).

Al lavabo del Blessy, tan pudent que marejava, un raig furiós d'orina groga contra una tassa trencada i que va resultar que no tenia aigua. Hi havia un rètol a la paret que deia: «Fuck my mother, guy!». No era un mal consell, si ho mires bé. A la barra no hi havia lloc, però, de puntetes, vaig demanar una cervesa. Em va servir una dona baixeta, de cabells blancs, vestida de negre. Potser era la que dormia al llit d'en Jonàs. Aquella dona, vella i groga, havia tingut més ració de Jonàs que no jo en la meva esplendorosa i candorosa joventut, mira quina punyeta. Em va venir al cap el *Liber Maiolichinus* i el seu llatí medieval ple de girs vulgars. Jo n'havia llegit les restes que quedaven del rebuf del temps.

I aleshores, en una taula, bevent un Red Bull, hi havia en Jonàs. Va aixecar la llauna fins a l'ala del *fedora*, com una salutació cowboy, i vaig sentir que em liquava, que les mans se m'esmicolaven en pols com si fossin fetes de farina i que la llengua estava cosida al paladar, i tanmateix vaig anar on era ell. Tenia el bolic que portava la nit abans, que de fet era un diari ronyós que embolicava alguna cosa prima, que podia ser un llibre prim, i duia la mateixa vestimenta. Jo semblava un estudiant aplicat, que s'ha posat calçotets nets i camisa planxada i que era capaç de recordar el *Liber Maiolichinus*. I que era un merdós covard i un estúpid indestructible, és a dir, d'aquells a qui els llibres se'ls acumulen com a davant d'una muralla i no penetren els teixits de l'ànima.[4] *I ain't got nobody, and nobody cares for me* (com n'és de reconfortant, el *blues*!).

—Vull... Voldria... Espero... Això d'anit.

—Calla, alumne de col·legi de jesuïtes, i seu. Quan et comportis com un pollós, jo marxaré. Et dius Àlex, oi?

4. L'autocompassió és com una verdura podrida que, quan hi fiques mà, tot de sucs repugnants i d'olors pudents et donen una bona lliçó sobre el pas del temps. L'autocompassió és per a imbècils, Àlex!

El somriure còmplice volia dir que tot estava bé. I que tornàvem al punt de partida.

—No beus mai? Has estat alcohòlic?

—No, no, no: un alcohòlic ho és per sempre. És que no vas al cine ni llegeixes novel·les? Em vaig passar de rosca. Amb les amfetes també. Però ara estic bé. Ah, i per a la teva informació, acabo de guanyar un bon munt de pasta.

—Ho sento, tio, no saps com ho sento. Són tantes prevencions, que et fan des que neixes...

—A mi potser no me'n feien tantes, però aquell metge del cor va fer la seva feina davant els nassos de mon pare. A ell li semblava bé. Te'n recordes, no? No conto aquestes intimitats a tothom.

—Escolta: aquella dona de la barra és la teva bella dorment?

—Es diu Maria Grilli. Havia estat una bellesa. Això m'han dit. No parla ni un borrall d'anglès i ha perdut la xaveta. Demència senil.

—Et fa compassió? Això és tot?

—Àlex, fill, mira que ets dur de closca: qui trauria del seu llit una pobra boja que no t'ha fet cap mal?

—Sóc un imbècil?

—Ets un ocellet amargat, recelós i complicat, que no sap un borrall de res. Excepte de coses mortes. Vius en un cementiri.

—Però t'agrado?

—Parles com una doneta: estaria ara parlant amb tu si no fos així? Ho has de verbalitzar tot? Les angoixes, les pors? Els mals moments, els...?

—Ep, ep: que vas ser tu qui em va demanar que contés alguna cosa humiliant o mortificant o no sé què en vas dir.

—En justa compensació, ara digues-me alguna cosa lluminosa.

Feia olor de peix fregit i de curri, i també de peus i de pets. Feia olor de persones fatigades i brutes. Als meus peus hi havia un escarabat mort de deu centímetres de llarg. Una cosa lluminosa enmig de la foscor, la brutícia i la ciutat farcida de quadres de Tàpies pertot arreu.

—Només se m'acut el *Liber Maiolichinus*.

—Segur que ara mateix m'ho expliques.

—Si te n'has de burlar...

—No, no: em fa gràcia veure un alumne aplicat, vestit com tu i amb les pestanyes llargues i la pell rosada. Va: deixa-ho anar.

—Els pisans, de Pisa vull dir, fan una croada contra els sarraïns de Mallorca. En el segle XII.

—Els sarraïns eren un obstacle al comerç pisà, suposo.

—Una cosa així, devia ser. Rere les guerres sempre hi ha interessos comercials.

—No te'm facis cínic, ocellet. No t'escau.

—No em diguis ocellet. Ni ocellot, d'acord?

—*Uccellacci e uccellini*!, de Pasolini, això sí que és gran de debò!

—Però els pisans no devien ser bons mariners, perquè passen de llarg les illes i desembarquen a Blanes. Desembarquen i comencen a matar gent, i aleshores, diu el poema, un va dir: «Som catalans, així ens diuen». És a dir, nosaltres no som sarraïns, som catalans. Saps? És la primera vegada que apareix la paraula «català» en un escrit. Segle XII. Sembla que encara estem dient-ho: Eh, que som catalans! No ens confongueu. Bé, en resum: el nom sencer del llibre és *Liber Maiolichinus de Gestis Pisanorum Illus-*

tribus, que vol dir «llibre mallorquí de les gestes il·lustres dels pisans». És una epopeia. Aquesta croada va ser a principis del segle XII, el 1113 o 1114. A Catalunya manava el comte Ramon Berenguer III. Està en hexàmetres...

—Aprovat: sí que és lluminós.

—Què és *Uccellacci e uccellini*?

—Més lluminós que el teu llibre mallorquí. No pots viure sense haver vist aquesta preciositat de Pasolini.

—Vols llum? «*Et exsultavit spiritus meus...*».

—Mira: cantes bé. Això és Bach, rei, ho sap tothom. Més llum:[5]

Once I laughed when I heard you saying
that I'd be playing solitaire
uneasy in my easy chair.
It never entered my mind.
And once told me I was mistaken
that I'd awaken with the sun
and ordered orange juice for one.
It never entered my mind.
You had what I lack, myself
now I even have to scratch my back myself
once you warned me that if you scorned me
I'd say a lonely prayer again
and wish that you were there again
to get into my hair again.
It never entered my mind.
Once you warned me that if you scorned me
I'd say a lonely prayer again
and wish that you were there again

5. Jonàs no canta: recita, amb veu rogallosa i en sordina.

to get into my hair again.
It never entered my mind.[6]

—Què és?

—És una de les més belles cançons del millor de tots, del més gran, del que esgarrapa amb ungles afilades la teva columna vertebral: Miles Davis.

—És difícil fer-se'n una idea sense la música.

—Espera.

En Jonàs va desembolicar el paper ronyós de diari i hi va aparèixer un iPad lluent i nou, net i polit, com el d'un xicot de casa bona. El va manipular un parell de minuts i me'l va allargar.

—No tinc auriculars. Acosta-te'l a l'orella per no fer massa soroll.

La cançó era tan trista com un clam en el desert, com un patiment bíblic, com un dels cercles de l'infern, com una criatura fugint de les bales de soldats furiosos a qui els han extirpat els sentiments. T'hi submergies i senties el fred alè de la mort al clatell.

Quan es va haver acabat, vaig notar un silenci sideral: tothom ens mirava i tothom estava quiet i fugint cap en-

6. Un cop vaig riure quan vaig sentir que deies / que jugaria al solitari / incòmode a la meva còmoda cadira. / Mai no m'havia passat pel cap. // I una vegada em vas dir que estava equivocat / que em despertaria amb el sol / i vas demanar un suc de taronja per a un. / Mai no m'havia passat pel cap. // Tu tenies el que a mi em faltava: jo mateix. / Ara fins i tot puc rascar-me l'esquena jo mateix. // Un cop em vas advertir que si passaves de mi / jo tornaria a resar a la verge tot sol / i voldria que fossis aquí / per entrar en el meu cap de nou. / Mai no m'havia passat pel cap. (*La trontollant traducció és de l'Àlex*)

dins. Miles Davis ens havia travessat, tot i que *it never enter in my mind*.

—Tens un iPad fantàstic —vaig mussitar, i la gent va tornar a les seves coses, com una consigna.

—L'he portat per a tu. Volia ensenyar-te les fotos que he venut, al *New Press Magazine*.

—Ets *freelance*?

—Més o menys. Només són tres.

—D'Àfrica?

—No diguis collonades. D'aquí. De la poma. La poma més apetitosa del món, encara que tingui uns quants cucs al seu dedins.

Va buscar-les i em va passar l'iPad. Era, la primera, la foto d'una mà de noia, alçada, a contrallum, i amb els dits oberts. Entre els dits hi havia membranes translúcides, d'un parell de centímetres. Devia ser d'una noia molt jove, i era evident que no hi havia truc ni les membranes eren falses. Hi brillava, a través d'elles, un raig de llum. El fons era borrós, però semblava que hi havia una caixa d'embalatge i una cortina vermellosa pengim-penjam. Era una foto hipnòtica.

Vaig passar pantalla i vaig mirar la següent: un cable de la llum mig tort, que travessava un carrer, en plena nit. Hi havia penjada una sabata de dona, de taló molt alt. Era vermella, i feia l'efecte que es bressolava per un vent silent. Al cel brillava un estel i un fanal apagat quasi tocava la punta del taló.

La tercera era una xarranca, pintada a terra, no sols amb guix blanc, sinó amb coloraines. Estava molt ben feta. S'hi veia l'asfalt ple de pegats típic dels carrers de qualsevol ciutat, no només de Nova York.[7] En el quadrat

7. Diuen que aquestes taques fosques són restes de xiclets esco-

central, amb el dibuix d'un castell i una princesa entre dos merlets, hi havia un condó erecte, ple de suc. Se't regira l'estómac, veient aquestes coses.

Eren fotos molt bones.

—Ets bo. Molt bo.

—Gràcies. Una part és paciència. I una altra, que aquesta sap comportar-se.

I va treure de sota la gastada jaqueta una Nikon D800, digital. Ja no portava el teleobjectiu, i se la veia inofensiva, com un gatet afectuós just abans de cruspir-se un ratolí.

Ens vam quedar callats i a mi em bullien les orelles i tornava a tenir una erecció engavanyadora, amb aquella franquesa que té la natura, que no s'està de subtileses.

—Vols que intenti aportar més coses lluminoses?

—Per avui ja n'hem tingut prou, no? I avui tinc llit.

—Segur?

—Sí, la Janet s'ha disculpat un cop més per sa mare i de segur que ara estarà uns dies controlada. Té moments bons. Veus? Fins fa uns minuts ajudava al bar i tot.

No em va semblar ni brut ni deixat. Tot al contrari. Feia bona olor, com si haguessin fregat (en homenatge a mi?), i vaig poder sentir la fragància floral i fresca dels llençols. Em commovia aquest home que podia tenir a qui volgués i que ara (ara: quant dura un «ara»? Si ho sabíem, faria terror viure) m'havia triat a mi. Jo estava ansiós i espantat. Ja no trempava, perquè estava encongit i esporuguit.

---

pits i trepitjats. Algú va preguntar que què se n'ha fet de les escopidores, i si és que ara la gent no escup o escup a terra. O meitat i meitat.

Va començar a acariciar-me el coll, em va fer un petó al clatell i un de ben suau als llavis.

Despullats, al llit, se'm barrejava l'intens desig amb la por al dolor. I em trobava estúpid, perquè no sabia com acariciar-lo a ell. Però ell va tenir paciència amb mi. Va ser delicat com si fos una flor ingràvida caient del cel. La por al dolor es barrejava també amb la por al desconegut. Els aventurers l'adoren, *mister unknown*, i jo sóc un ridícul poruc que s'amaga sota unes imaginàries faldilles de mare (la meva mare no va tenir mai unes faldilles disposades a amagar-me). Primer em va penetrar amb els dits, salivats, suposo. Era tan excitant, tan dolç i tan apetitós que em corria saliva per la barbeta i m'anava a escórrer quan ell parava i provava de nou. Em va girar de panxa enlaire i em va llepar els testicles mentre passava, com les potetes d'un insecte diminut, la punta d'un dit sobre el meu gland. El plaer va ser tan intens que vaig cridar, i ell em va tapar la boca amb una mà, que feia olor de sal i de tabac. Em va tornar a giravoltar i aleshores em va penetrar, a poc a poc, jo amb la boca oberta clamant contra el llençol, sentint que mai, mai, mai tornaria a ser tan brutalment feliç, que mai mai mai tornaria a ficar el cap a sota d'un doll de plaer tan esponerós. Quan va estar, el remordiment se'm va cargolar a la gola, com si fos el llençol rebregat que havia aguantat el meu èxtasi.

—I tu? Jo no t'he fet res. Ai, Jonàs, jo...!

—Xssst! Era la teva primera vegada, no, ocellet? I perdona.

—No, no: digues-me ocellet, i ocellot, i microbi, i merdós. Tot és mel ara, si ve de tu.

—T'ha agradat, eh? Et perdono la cursileria, nen.

I va riure.

Després teníem gana. I vam baixar al *seven-eleven* a comprar bocates, patates fregides i potser aletes de pollastre que podíem escalfar en el microones rovellat de Jonàs.

Al carrer, però, ell em va fer aturar i em va agafar per les espatlles, i, tot i que era tard i fosc, a mi em va fer vergonya, miserable doneta pudibunda. Però no era per ferme un petó: em va aixecar la barbeta i va assenyalar un edifici immens, d'aquells que no s'acaben mai, amb el seu impressionant teló de vidre. Allà dalt hi havia una bastida que contenia dos paios; netejaven vidres i la bastida era una barqueta perduda entre onades lluents. Era bonic. En Jonàs va treure la càmera, i de la butxaca va sortir, d'un altre amagatall, el teleobjectiu, i va fer unes quantes proves. Era un miracle, una coreografia que cap avantguardista de l'escena podria imaginar. Màgia pura. I en Jonàs i jo mirant-ho.

En tornar va dir que no li quedaven cigarretes i va sortir de nou. Jo em vaig dedicar a preparar les menges. Si no torna... Hi ha gent que desapareix quan va a comprar cigarretes. Però aquella era sa casa, no?

Mentre va ser fora, vaig examinar el regne del meu amant. Era una sola peça, amb dues finestres que s'obrien en vertical, al voltant d'un eix. Sense persianes. Els vidres estaven escandalosament bruts. Hi havia el llit i una tauleta on s'apilaven llibres, diaris, revistes, capses de mocadors, un obrellaunes i una tira, per encetar, de condons. N'havia gastat amb mi? Seria imbècil, si no ho havia fet. M'acabava de conèixer. Però aquella tira semblava intacta. Hi vaig comptar deu condons. Crec que no en faltava cap. A terra hi havia una vella estoreta de palla, amb les puntes aixecades. A sota de la tauleta hi havia una mica de roba bruta; hi vaig endevinar uns calçotets i uns draps que podrien ser mocadors de tela. A sota de les dues finestres hi havia un sofà absolutament difunt; a sobre, més piles de llibres, un d'obert, immens, i diaris. A sota del sofà hi havia un esprai d'aquell de fer bona olor i un netejavidres que no s'entenia per què era allà. A la paret hi havia un sol quadre penjat, emmarcat, d'una làmina que reproduïa un oli. Representava, molt realísticament, les ruïnes d'una casa, i a darrere, una altra que només tenia dues parets paral·leles, que eren així més commovedores perquè eren fràgils i tremoloses. Era de nit, i al cel hi havia una tempesta o un bombardeig. La lluna, crec que era la lluna, havia caigut a terra. Hi vaig llegir: «*Franz Radziwill. In the land of the Germans*».

La cuina era un raconet diminut, amb un fogó d'aquells d'alcohol i, a la paret, el microones vell. Una minúscula pica i un prestatge que contenia gots, dos plats sencers i un de trencat i uns quants coberts, i, en tres ganxos, tres tasses d'ansa. I tanmateix, la nevera hi ocupava un espai enorme. Era bastant nova i a dins hi havia aigua, una gerra amb un licor fosc que semblava cafè, un tàper amb restes de pollastre, un calaix ple de fruita i un pastís mig menjat de nata i de plàtan. A la porta, ous, mantega i un grapadet d'alguna cosa indesxifrable (panses?) embolicat en paper d'alumini. A l'altra banda hi havia una porta corredora, i rere aquesta, un vàter i una dutxa de plat, sense cortina; al fons del plat hi havia un flascó quasi acabat de gel de bany; un lavabo petit amb una lleixa de vidre, molt bruta, on hi havia una màquina d'afaitar, una pastilla de sabó de color marró quasi negre i un tallaungles. A la paret, una farmaciola, plena a rebentar de flascons, tubs, esparadrap, gases, pastilles, tot en un desordre inextricable.

Als peus del llit hi havia una cadira, de la qual penjava el capell d'en Jonàs, que em va colpir, allà oblidat. I just al costat, un armari. Una pila de roba, directament a terra, i una lleixa amb tot d'estris fotogràfics, ben ordenats i amb bona aparença. Finalment, un llum de peu que no tenia bombeta. I just a sota de les finestres, un aparell d'aire condicionat. O era un calefactor. O totes dues coses.

Era, doncs, un apartament franciscà, diminut i estranyament acollidor. No m'estranya que la vella vingui a dormir aquí; jo, si fos ella, també ho faria.

Quan en Jonàs va tornar el vaig rebre amb un càndid petó a la galta, que ell es va netejar amb el dors de la mà. Vam menjar amb fúria, com si carreguéssim les nostres bateries exhaustes, i ara ens miràvem, ara somrèiem. Si alguna vegada algú em pregunta què és la felicitat, en comptes de fotre-li una hòstia li diré jo la vaig tastar una vegada. Fa gust de maduixa i té el tacte d'un llom de gat ben llustrat. Fa olor de malvasia i té forma de dits rosats que esclaten al cel i produeixen el dia. La felicitat és sòlida i fresca, però n'has de fer via, perquè, com el gel, se't desfà de mica en mica i et deixa cansat i borratxo.

—Saps què m'agradaria?

—Què?

—Netejar aquest pis...

—Escolta, tu, Àlex: primer, avui, bé ahir, el vaig netejar, i la Janet m'hi va ajudar. Sí, sí, carallot: en honor a tu...

—Ara llegeixes els pensaments?

—I segon: tu no ets una dona. Ni tampoc em deus res.

—Sí que sóc una dona. Ara sí.

—Error: ser homosexual i ser una dona són dues coses molt diferents.

—Jo crec...

—Tu no creus res, amic. Això que dic és una cosa seriosa i no carallades de llibres antics. Quan la gent insulta un homosexual i li diu dona, ho fa perquè que et penetrin és considerat un acte d'humiliació i no pot ser que un home es deixi follar. Ha de ser una dona. I, de tant dir-ho, alguns homosexuals empren positures i conductes de dona. Els diuen marietes? Doncs es fan marietes. Però un homosexual és tan viril o tan home com un hetero. No costa tant d'entendre.

—Tot i així, voldria netejar aquest pis. És diminut i jo en tinc ganes. Sense buscar teories. Em vas dir mesquí...

—Perdona, senyor ressentiment!

—No, no. Potser ho sóc. Però també sóc pulcre. Vull dir que sempre tinc les ungles netes i els calçotets impol·luts.

Va arronsar les espatlles i va dir una cosa així com que si em venia de gust, per ell, i es va estirar al llit amb l'iPad a les mans i es va posar a llegir. Però al cap d'uns instants hi posava música. Era de Britten, però no sé exactament el què. Va sospirar i ho va apagar, i aleshores va dir:

—Una cosa és la música que es pot traduir en emocions i una altra l'emoció que pretén passar per música.[8]

—Això es pot dir de moltes coses. De les accions polítiques, per exemple.

—Sempre ets tan escolàstic, nen?

—Intento netejar!

—I vols que marxi?

—És que em fas nosa. Vés al bar. En una hora o dues estaré llest.

8. Això és de *Rayuela*, de Cortázar.

—Saps a qui em recordes? A Michael York.

—Qui és?

—Un actor, nen. El que fa de Bryan Roberts a la pel·lícula *Cabaret*...

—Uf!

—M'agraden les pel·lícules antigues!

—Si jo no he dit res...

—Més antic és això que estudies tu. I per cert, no hauries d'estar amb els teus companys parlant de Ciceró i de Juli Cèsar?

—Vés, vés al bar.

Se'n va anar fent una portada, però somrient. Havia agafat el *fedora* i em vaig sentir més sol sense aquell barret.

Les finestres, però, no es podien obrir del tot. Ho fan per evitar suïcidis. No és divertit que l'Estat es posi protector com si fos la mà aspra i immensa del pare quan vas a pujar als cavallets? No és infantil que ens prohibeixin fumar o que obliguin pacífics ciutadans sense sostre a anar a hostils albergs on només entrar perds la dignitat? No havíem quedat que aquí érem individualistes, com els pardals que s'aboquen a les molles de pa i el primer que ho agafa s'ho queda, a condició que, en fugir, s'ha de volar en estol? No eren ells, els enemics, els malvats, els qui predicaven un cel protector i ens prometien un paradís que vindria després, a la següent etapa? Era impossible netejar aquelles maleïdes, endimoniades finestres. Per on van saltar els executius que queien verticals en aquell tenebrós 11 de setembre?

Vaig haver d'anar al súper, perquè imaginava que al bar tindrien escombres i galledes, però jo no volia demanar-ho. Després, si fa nosa, ho llançaré al contenidor. La brutícia era fugaç, com si fossin rèptils amagant-se a sota de la raquítica catifa. Vaig trobar bosses d'escombraries i, sense pietat, hi vaig entaforar tots els diaris antics, esparsos, que de segur que no feien cap funció. Ni tan sols hi havia el dominical del *New York Times*, que té sentit que el guardi un fotògraf o un llatinista o una mestressa de casa que vol estar al dia. Però no aquells diaris vells i grocs, encartonats i inútils. El paper desapareixerà. I quan ho faci, el trobarem desesperadament a faltar.

Xiulava netejant. I no ho faig mai.

Quan vaig mirar el rellotge em vaig quedar sorprès que haguessin passat dues hores ben bones. L'apartament estava millor, però res d'especial. Vaig arraconar els estris de neteja. Tornava a tenir gana. Vaig baixar al bar, però en Jonàs no hi era.

Al taulell hi havia una noia moreneta, amb una cintura minúscula, que bevia un *ginger ale*, tenia els llavis molsuts i unes pestanyes massa llargues per ser naturals. Vaig seure al seu costat. Es va acostar, no el perdonavides tatuat ni la senyora Grilli, sinó un paio apersonat que feia mitja por, i del qual no sabia el nom.

—Una cervesa. En vols una, tu?

La noia em va mirar i va fer que no, però va somriure.

—Porti'm també unes patates. Vostè sap on és en Jonàs?

—Sóc jo una central d'informació? Eh? Ho sóc?

—Perdoni.

—Deu ser al centre —va fer la noia.

—Quin centre?

—Que no ets amic seu?

Vaig calibrar la resposta: era jo amic d'en Jonàs? Si no en sabia res! I tanmateix, es pot dir que érem íntims. Em va venir al cap això que havia dit de l'emoció que es vol fer passar per música. El sexe que es fa passar per amor. O per amistat.

—Quin centre? —vaig insistir.

—El cibercafè, a dos carrers. Sempre és allà ficat.

—El coneixes?

—Xato: si hi ha algú al món que conegui en Jonàs, aquesta sóc jo.

Va entrar una parella de iaios que van anunciar que tornava a ploure i que quan plou la gent honrada pren cafè negre sota un sostre ferm.

L'home del taulell, tan malcarat amb mi, va dir que la gent honrada ja havia marxat a casa seva, i que si volien ell els passaria l'encàrrec. I un dels iaios va fer que disparava amb el dit i l'homenàs del taulell va fer que l'havien encertat. Alhora servia un cafè que onejava a dins del recipient i que treia fum, un fum honrat sota un sostre sòlid.

En aquell moment va sonar el meu mòbil. Em va sobresaltar, perquè no creia que ningú em telefonés tan lluny i es gastés (i em fes gastar) una pasta. Però era en Carles Ubach, que em va preguntar on m'havia ficat, si me n'havia passat alguna i que en Xavier els havia contat que no havia anat a dormir a l'hotel. Tres preguntes seguides. Vaig dir que, primer, estava bé, que, segon, m'havia trobat una coneguda i ja se sap què passa. I que perdonessin no haver-los avisat (jo tenia l'obligació d'avisar-los? Eren els meus bíblics germans o què?), i ell va dir, bé, tio, bé, però estàvem preocupats. Quan vindràs? No ho sé, ara estic embolicat, no sé si m'explico. Un silenci. Ets un golfo. Es diu pòtol. Pòtol? Tu vols que parlem com si fóssim un diccionari? Disbauxat? No fotis, tio! Perdulari? Que em fots la llufa o què? Brètol? Brètol, sí. Doncs quedem d'acord: sóc un brètol. Però només va riure ell.

Em vaig tornar a mirar aquella mossa que tenia al costat. Era sud-americana, això segur, però gastava un anglès amb aquell *slang* inimitable. Era molt bonica, i tot i no ser alta, podria ser una model: els pits perfectes, els malucs ben posats, una barbeta rodona i agressiva i uns ullassos massa maquillats però que emanaven llum. Feia olor de colònia de bebè, veges si té una criatura. O una dotzena. Duia un vestit, cenyit per un cinturó, que era tot blau, un blau d'aquell intens, l'indi, que enlluerna i alhora t'embolica endins i t'hi sents claustrofòbic. Com aquella capella de Sant Antoni de Pàdua, a Pàdua, prop de Venècia, on hi ha restes incorruptes i tot, que és d'aquest blau tan intens i un punt grotesc.

—De què coneixes en Jonàs?

—Vols que et conti la meva vida?

—Només si tu vols.

—Ha, ha, ha! Aquesta sí que és bona! No saps que això va a l'inrevés?

—M'he perdut.

—Sóc puta, saps? I el client, si li ve de gust, em conta la seva vida. La meitat ho fan.

—No sóc client teu.

—Vols ser-ho, guapo?

—Mai no he estat amb una... això que has dit.

—Puta?

—Bé, sí.

—Bufa! Un cagat.

—Anem a una taula a prendre alguna cosa més sòlida?

—L'altra meitat de clients volen que els la conti jo, la meva vida. No la de debò, sinó una de llagrimosa, amb infàncies difícils, pares violents i la misèria empenyent-nos, amb mans de garfi, al carrer, on ens exploten xulos despietats. Però accepto seure en una taula a prendre alguna cosa sòlida. Pagues tu, no? I gratis, oi?

Vaig fer que sí i seguérem. Ella va demanar xili i vi blanc i jo la vaig imitar. Estrany esmorzar. Però és que ja era hora de dinar. O quasi. Tot de sobte va dir:

—Has llegit Gore Vidal? M'encanta el seu cinisme, la seva manera de ser d'esquerres sense fer-se el santet, la seva brusquedat, la manera d'insultar. Saps quina és la meva preferida? *Sexe, mort i diners*.

—Has llegit aquella sobre l'11-S?

—No. No he llegit res sobre això. Sóc una *newyorker* de cap a peus i...

—De debò?

—Pensa el que vulguis. I no puc llegir res d'aquell dia. No ho resistiria. Ens van extirpar el cor i van fer un floc amb els nostres budells. Es van pixar sobre les poques coses decents que queden al món i sobre els inofensius, lluents, vibrants desitjos humans, com una gavina que obre les immenses ales i ens diu adéu però abans es caga sobre el nostre cap.

Anava a dir-li que parlava molt bé. Que no semblava puta ni molt menys una *newyorker*, i que com és que era una dona del carrer i tanmateix llegia bons llibres, en comptes d'abocar-se a no sé quines ombres de no sé quina tia morbosa. Però de sobte vaig sentir una mà a l'espatlla dreta. Semblava el braç poderós de la llei fingint que no sap que ets innocent, innocent de naixença i de convicció. Al capdamunt del braç hi havia la cara poc amable del bàrman, que em va fer el gest amb el cap que vol dir segueix-me, semblant al que fan els coloms quan t'acostes massa de pressa a ells i fugen de tu, esperant però que marxis, perquè el territori és seu: ells volen i tu no, imbècil.

Em va portar rere una porta, la que donava als lavabos, amb la pudor de metà i de pixum corresponent.

—Tu, escolta, noi: jo no et vull cap mal, però no m'agrada que parlis amb la Fanny.

—Per què? Només dinem.

—Aquesta noia no és per a tu, ho entens?

—Escolti, jo no vull problemes, però ella mateixa m'ha dit que és prostituta, i tot i així jo no...

—A mi les teves carallades d'hispà descolorit me la bufen. A ella, ni tocar-la. Si vols, acaba el dinar i prou.

—Però què passa? És la seva filla o alguna cosa de semblant?

—No, idiota, s'ha de ser passerell. Veniu aquí i us en sentiu amos, perquè el paisatge us és familiar, de tantes pel·lícules que heu vist. Però això no és casa teva. I la Fanny no és per a tu.

—Però per què?

—Perquè és la xicota d'en Jonàs, ho has entès, merdós?

Vaig sentir que plovia dins de casa i que jo era un nen, i el meu amic, el meu gos, m'arrancava els llavis d'una cruel mossegada. Vaig sentir olor de lepra, que provenia dels meus budells. I que hom bombardejava un poble desolat i que un edifici alçava contra el cel dues parets paral·leles, tremolant d'indignació.

II

FANNY

La vella aixeca un peu, només uns centímetres, just per passar-lo sobre el forat de la faldilla, que jeu a terra, amb l'obertura a sobre; la trepitja, però d'una estrebada l'allibera, i després comença amb l'altre peu, el malalt. A continuació s'ajup molt a poc a poc per collir la faldilla i aixecar-la per sobre dels malucs. El joc de cada dia. Se sent música al carrer, aquests ja deuen haver començat amb la festa del barri, tan d'hora que és! I és que van torrats, tot el dia. De sobte una noia xiscla, però el seu és un xiscle barrejat amb riure. Agut agut agut. La senyora Leonor, quan ja té la faldilla cordada al seu lloc, només aleshores, s'asseu a posar-se les sabates. Les incòmodes, les de sortir al carrer. Té mig cos paralitzat d'una hemiplegia i viu sola, si és que no comptem l'Encarnita, la boliviana que ve cada dia a fer-li la casa, el dinar i les fregues. Costa molt cordar-se la sabata dreta, perquè és la banda esquerra la que està paralitzada. En acabat, es gira al mirall del tocador del dormitori; és ovalat, presidint un tocador antic. Fins i tot ella nota l'olor de florit que té la cambra. Olor de vellúria, de son amb roncs, d'orins colgats a sota el llit, d'una suor rància que mata el desodorant però que és a sota, fent babarotes al seu nas tort de vella estrafeta. A sota mateix del balconet —és un primer—

un xicot diu a crits vés a buscar-les tu, collons, que jo ja hi he anat tres vegades, i tots hem de contribuir, que em preneu per idiota o què? I a continuació algú connecta música d'aquella que fa to-tom-to-tom com un cor extret del pit i bategant al mig del carrer. Andreu —sent que crida una dona—, a veure si t'afanyes, que vol ploure! Els barris de Barcelona són com un poblet. Si fos tafanera, la senyora Leonor, vídua de metge i amb uns sòlids estalvis que la fan sentir segura davant la gent i insegura davant probables lladres, que sempre guaiten, com els ulls del caçador, doncs si fos tafanera hauria conegut els autors de totes les veus. Ara ja, qui cridi o qui clami o qui es mori —que vagin passant, pensa en secret, amb malícia—, tant li fa. Un cotxe aparca molt a prop i algú pica al capó i crida, que no es pot aparcar, home, ni que sigui metge, que estem enramant el carrer, que no ho veu? Jo és que ja no puc més. La gent és idiota.

Es ruixa les aixelles amb l'esprai que fa olor de llimona i es posa la brusa. És de tela lleugera, marró amb llunes blanques. Totes les bruses que té es corden de dalt a baix, per passar millor el braç mort. El mirall, rovellat en les vores, li ensenya sense pietat una cara mústiga, una pell flàccida, unes faccions tortes, uns llavis primíssims, una grogor decadent. I tanmateix, està orgullosa de viure sola, de defensar-se sola. I no hi ha dia que no s'alegri que en Pau s'hagi mort. Pau l'egoista. Pau com la boca d'un peix que menja i menja carnada fins que algú va estirar l'ham cap amunt i apa, ja ho has vist prou, això d'aquí. Pau que donava ordres, que se n'anava de putes, que gastava en ell i estalviava en els fills i la dona, que era un metge antiquat i un carca d'aquells que coven sospites perquè tothom és a l'aguait per fer-li la llufa. Pau donant ordres, Pau dirigint què es menjava i què no, Pau que allunyava els fills de casa. Pau gasiu, pollós, miserable. Mesquí. Ara cria malves i vine'm a darrere amb una orquestra sencera sonant.

Se sent la veu alegre de l'Encarnita, señora Leonor que soy yo. I es posa a cantar. Quantes vegades li ho ha de dir, que no canti tot el sant dia, que això fa vulgar. Es pentina a poc a poc, els escassos cabells que reclamen una bona ració de perruqueria. De sobte, alguna cosa grossa que es trenca i tot de renecs. El carrer és ple de gent indignada que s'acusen els uns als altres. Aquest pallasso de moro de merda, mira que veniu a robar-nos la feina i a sobre us hem d'aguantar la pudor que feu i les manasses que teniu, que no serviu per a res. Però si és en Jaume, que se li ha tirat a sobre. I què, és que jo puc veure-ho tot, amb l'embalum de les caixes? I ara què fem. Doncs caixa comuna i en comprem una altra. Nano, jo estic escurat, i encara que en tingués, qui la fa, la paga. I a aquest desgraciat li demanaràs diners, si no té ni per menjar? Mira que et passes!

—Encarnita, que hem de sortir!

El carrer és ple d'andròmines i la minyona ha de posar molt de senderi perquè la vella no prengui mal. Ella enarbora un bastó de caoba, amb el puny d'ivori. La gent la deixa passar. Quan arriben al banc, ordena a la noia que s'esperi a la porta i ella entra tota sola. En Joaquim, l'empleat, s'aixeca a avisar el director de la sucursal, perquè la dona mai no ha tocat els diners i forma part de l'exèrcit dels fons sòlids de la Caixa: els fonaments.

—Senyor Carmona, vostè farà els papers, oi que sí? Gràcies, eh? Jo, ja veu...

El somriure d'un banquer és semblant al del tauró quan va a empassar-se un peix menut, absolutament desemparat.

—Vull enviar mil euros a Nova York, sap? Però ha d'anar a aquest nom i a aquest compte.

La vella extreu de la bossa de mà —de pell de cocodril, negra— una postal on posa:

Hola, mare,

Com estàs? Jo m'he de quedar una mica més aquí, perquè m'ha sorgit una oportunitat, però fins que cobri no tinc prous quartos. Em podries deixar mil euros? Però els has d'enviar a nom de Jonàs Guardans, al número que et poso a baix. T'ho tornaré aviat. Jo encara no tinc enllestit el permís de treball i no puc obrir un compte corrent a nom meu. Aquest amic, que és de tota confiança, em deixa el seu, per a la transferència. Cuida't, eh, mare?

T'estimo,

Àlex

—Vostè ho llegirà millor que jo, que m'he de canviar les ulleres i mai no trobo el moment.

El director copia el nom i el número i llegeix el contingut de la postal i sent un pessic de compassió per la vella i pren nota mental de la pila de consells que ha de donar al seu Jaume, quan sàpiga parlar i escoltar.

Feta l'operació, la vella es repenja en el seu bastó de caoba i vori i torna majestuosament a casa, enmig dels embalums del carrer, amb l'Encarnita a darrere. Que és el lloc de les minyones, de tota la vida.

La cruel mare dels Desigs i el fill de Sèmele, la tebana, i també l'esbojarrada Llicència m'ordenen que torni a adelitar-me en amors ja extingits. M'abrasa la bellesa de Glícera, que resplen-

deix més clara que el marbre de Paros; m'abrasa la seva delitosa procacitat i el seu rostre massa perillós de contemplar.[9]

L'Àlex ho llegeix, en un llibret rebregat que ha salvat del naufragi, en veu alta. Són tots dos nus, en Jonàs estirat al llit, que fa flaire de semen i de carícies, de pell suada i de la fragància de l'amor, i, una mica en diagonal, repenjant-s'hi a sobre, l'Àlex, amb el llibret a la mà. Sadollats. En Jonàs, és clar, fuma un dels seus cigarrets prims i escolta. La bellesa de l'un i el solemne candor de l'altre en fan una gloriosa estampa que, secretament, a en Jonàs li hauria agradat fotografiar.

Queda'tqueda'tqueda't. Queda't amb mi. No te'n vagis mai.

L'Àlex sent que té una sargantana a dins dels calçotets i desigdesigdesig als capcirons dels dits, als pelets del bescoll, suara acariciats per l'amic. L'exaltació. L'exaltació encega, l'exaltació és tenir dues dimensions i que una mà gegantina t'aixequi en l'aire. Exaltació és posar l'enteniment en *stand by* i lliurar-se a la respiració immensa de la natura, al joc geomètric dels astres, a la biologia salvatge d'un salvatge (no li diguis mai salvatge a un salvatge; no li diguis mai home a un salvatge; no li diguis mai salvatge a un home).

—Però si me'n vaig demà, Jonàs! No tinc permís de residència!

—I què? A Nova York el vint-i-cinc per cent dels habitants són clandestins. Clandestí: sona eròtic, oi? O ser membre de la resistència. Un heroi, amagat i discret, que

9. Això és l'«Oda XIX» del volum I d'Horaci.

destil·la ètica kantiana: l'imperatiu categòric i totes aquestes collonades que t'agraden tant.

—Deixa't de romanços. Per què no véns tu amb mi, eh?

—Perquè tu no sabries què fer amb mi a Barcelona i jo sí que sé què fer amb tu a Nova York.

—Què?, què faràs amb mi?

—Primer buscar-te una feina de supervivència...

—Netejar vàters?

—O repartir pizzes.

—Però si no conec Nova York!

—Cambrer.

—Uf!

—I tot seguit buscar-te algú que et faci un contracte. Quan tens contracte, pots sol·licitar permís de residència i de treball. Una empresa americana, encara que sigui petita, dirigeix les closques calbes del sistema funcionarial i fins i tot les dels gegantins policies. Els has vistos? Fa mal la bufetada que no t'han donat només de mirar-los.

—No tinc diners, Jonàs!

—De moment, ens repartim els meus. Tens a qui demanar-ne?

—Sí, però com me'ls envien?

—Fes servir el meu compte.

Queda'tqueda'tqueda't. Queda't amb mi. Menja'm, beu-me, penetra'm, furga sota la meva pell, escolta reclinat sobre mi el meu cor i xucla'm els dits dels peus. Agafa entre totes dues mans la meva verga erecta i llepa-la i deixa que arribi a la teva gola. Queda'tqueda'tqueda't. Amb mi.

Estic construint un prestatge. Les fustes les he trobades al soterrani on hi ha dues velles rentadores, que necessiten ser elles les rentades. Estan força bé. I la Janet m'ha deixat un martell. He comprat claus i pega, d'aquella tan forta. I ara sóc fuster. Potser tindré un fill, per intervenció divina, i el crucificaran. Podrits matadéus de merda. A sota del sofà rebentat d'en Jonàs he trobat una bona ració de llibres. Alguns fan venir ganes de llegir-los; d'altres, de mirar-los. M'agrada treballar amb les mans. M'agrada que en Jonàs, en arribar, digui tio, jo flipo, o se m'empina només de mirar el teu prestatge o alguna marranada ben dolça.

M'ha explicat amb paciència qui és en Ben, el milhomes del bar, i el paper que juga en la seva vida la Fanny. I ara sóc un munt de merda emocionada. He rebut els diners de la mare i ara visc al pis d'en Jonàs, i estic buscant feina. En Jonàs és fora, fent fotos, i jo clavo martellades. M'agrada aquesta fusta: no és un conglomerat, sinó fusta de debò. A casa teníem llar de foc, tot i que l'encenínem poques vegades, perquè tenia no sé quina cosa al tiratge. Quan venien visites. Era una delícia. Una vegada el meu pare em va mirar desaprovadorament perquè sense manar-ho ell jo m'havia aixecat i estava alimentant el foc amb un tronc gros. Va dir: «Caram, Àlex, que la fusta no creix als arbres!». Semblava un acudit, és clar. I em va fer riure. Aleshores es va alçar, em va engrapar la camisa i em va bufetejar. No feia mal, el pare, quan pegava (era massa ben educat per a això), però sabia pegar de manera que et sentissis humiliat. Penso que no era conscient que havia fet un acudit, sense voler-ho. I que per a ell pegar era una mostra de poder de la qual no se'n sabia desfer. Penso que era un grandíssim fill de puta, malparit i malnascut. Ja ho pensava aleshores, però ell no podia bufetejar-me els pensaments.

El prestatge m'ha sortit recte i ferm i jo n'estic satisfet. Ara col·loco els llibres, per ordre d'alçada. Piquen a la porta.

És en Ben i jo faig un pas enrere. Però el pobre orat no se'n deu recordar, de les seves amenaces, perquè fa:

—Diu la Janet si vols el trepant.

—Gràcies, Ben, però ja l'he fet servir i l'he retornat al cistell de les eines del cobert.

Comença a ploure i els dos ens quedem mirant la finestra, esquitxada d'una pluja fina i violenta. Fa soroll de sorra, de grapats de sorra que algú llancés contra els vidres. I tanmateix la llum ha augmentat i la temperatura ha pujat un xic. És una pluja nutritiva i calenta que ve a aixoplugar-nos.

—Vols un cafè, Ben?

M'adono un segon massa tard de la niciesa de la pregunta: en Ben tragina cafès tot el dia. Però no riem. Els acudits involuntaris ja no són graciosos, d'ençà que el pare em va pegar. Els va esborrar del mapa del riure.

—Què fas? —pregunta en Ben mirant el prestatge acabat. No és tan beneit per no saber-ho. Vol conversa? Jo tinc conversa. En tinc a gavadals. Sé fer converses buides, en la comèdia de les trobades socials; sé fer sentències, quan vull impressionar; sé parlar de coses de què no tinc ni idea i assentir cerimoniosament quan el meu interlocutor hi afegeix alguna cosa. Puc parlar, per exemple, del motor d'un cotxe i repetir alguna frase llegida i deixar que la niciesa no faci forat enlloc, perquè la niciesa és àcid sulfúric, que crema la pell, els ossos i les vísceres si hi arriba. I que és a tot arreu. Com era allò? Ah sí: «Val més restar callat i que sospitin la teva niciesa que no parlar i treure'ls del dubte».[10] Això em porta a una altra sentència, aquesta en veu alta (per què carall vols impressionar aquest pobre xicot?):

—Saps, Ben? Diuen que les tres coses més difícils d'aquesta vida són: guardar un secret, perdonar un greuge i aprofitar el temps.[11]

Quan en Ben se'n va, acabo d'arrenglerar els llibres i en separo un, de fotos, que espero que en Jonàs em comenti. A mi m'agraden les citacions i a ell les fotos. Tots dos plegats som un llibre il·lustrat, dels que la gent compra com a regal. O comprava, quan els llibres triomfaven a les llibreries i les biblioteques públiques eren silencioses i respectables.

El cas és que en Jonàs estava emmerdat. No tant de la droga com de l'alcohol, i en canvi tenia, en els moments de lucidesa, un rar sentit per fer la foto justa, la que no és sensiblera però et pessiga l'ànima. Vivia en silenci i menjava al bar, fins que la Janet el va recollir de terra, a l'escala, cobert de vòmit i de vergonya, i se'l va afillar. La Janet és filla d'hebreus, uns hebreus hongaresos; el pare havia mort de misèria abans de tastar les fresques i delitoses fruites del país de la prosperitat, tot just arribats, i la mare es va tornar senil i després boja. En Wilfred era expolicia i fort i la volia com un foll vol la seva follia. S'hi va casar i la va ensinistrar en el bar, en la cuina, en l'anglès, en els secrets de l'amor, que molt pocs dominen. La Janet cuidava sa mare, cuidava el germà retardat d'en Wilfred. I ara s'havia afillat el llogater de dalt, que era bell com els actors de cinema. Era un borratxo. I ella el va portar al met-

10. És una frase d'Abraham Lincoln, que no estava mancat d'ironia.

11. I aquesta és de Benjamin Franklin. Àlex: ja ets americà del tot?

ge, el va fer entrar en una de les societats d'antialcohòlics, el rentava. El va dutxar moltes vegades, admirant el tors i el sexe d'aquell déu caigut.

Quan ja caminava sol i feia fotos glorioses, va recaure. I aleshores se'l va quedar la Fanny, una puteta molt maca que sempre sopava al bar, quan no tenia cèntims, sobretot perquè li fiaven. La Janet l'adorava, en Jonàs, una adoració exempta de pensaments libidinosos i que en Wilfred mirava amb tendresa, perquè li era evident que la seva dona, estèril, havia trobat un fill; un fill que no podia ser en Ben, que era adust i malcarat. Sí, l'adorava, però la Fanny l'estimava, libidinosament, i, alhora, com una dona maltractada que es reconcilia amb els homes. En Jonàs estava mancat de desig, era el Crist jacent sobre els genolls de la Mare de Déu, Aquil·les amb una llança a la mà, James Dean esmicolat sota les rodes d'un cotxe, i el melancòlic Byron i el coratjós Tirant. Fanny el servia, l'escoltava, li va aguantar dotzenes de vegades el cap mentre vomitava, vigilava la seva dieta, li eixugava llàgrimes. L'estimava així. A les novel·les victorianes sempre hi ha una puta bona, de bon cor, i una senyoreta de bona família dolenta i de cor roí. La Fanny li va fer d'infermera i de metgessa, el va banyar, el va obligar a prendre's les pastilles —les horribles, humiliants pastilles que, si beus, et fan sentir com un moc trepitjat—, el va fer jurar que mai més mai més mai més, el jurament que sempre fan els borratxos, per transgredir-lo i sentir-se una rata rosegant formatge florit cobert de merda. I un dia, sobtadament, en Jonàs va deixar de beure. De debò. Encara prenia alguna amfeta, però no prou perquè li fessin veure serps al sostre de la cambra i destrals assassines al capçal del llit. I es va posar a fumar. Diguin el que diguin les doctes sentències dels qui controlen la nostra por amb una calavera a les mans i un llibre de medicina a l'altra, fumar no fa els estralls de l'alcohol.

La Fanny va ser la seva germana i la seva còmplice. La Janet se'ls estimava tots dos, i deixava que la Fanny sopés de franc i que en Jonàs vomités a l'escala, tot i que costa molt netejar els vòmits dels altres, perquè fan una olor estranya, àcida i denigrant, són un estigma i el senyal d'un fracàs; costen quasi tant de netejar com els vòmits propis, que aquests són un cop d'ull a l'infern, amb el cap submergit a la tassa del vàter.

I en Ben. En Ben adorava la Fanny i adorava en Jonàs i com que sentia parlar d'«aquells dos», com si follessin als racons bruts del bar, sempre va creure que eren parella. Un homenàs com ell i era una criatura indefensa. Ell podia matar amb una sola mà i una paraula sòrdida dita sense cura podia matar-lo a ell.

En Jonàs podia sobreviure si sabia que elles dues, i l'ombra fúnebre d'en Ben al darrere, i la benèvola indiferència d'en Wilfred encara més endarrere, eren a l'abast. En Jonàs tenia aquestes crosses i sabia que no podia caminar sense.

—Uau! Quin prestatge! I que bonic està l'apartament. Sembla que m'he casat amb una doneta coqueta que només em vol per les meves qualitats i no pels meus diners.

—I ara! Si estic amb tu és pels diners, que no ho veus?

Un petó, superficial, de matrimoni ben avingut. L'oloreta que surt de la bossa que porta en Jonàs, directament comprada al Chicken House, fa flaire de família, de llaços sensorials, de promeses tàcites i de somriures amagats.

Havent dinat en Jonàs porta una notícia i l'Àlex té un llibre que vol que li expliquin, com el nen que no pot anar a dormir sense que el pare li llegeixi un conte. La notícia primer:

—És una botiga de queviures. D'uns mexicans. És al carrer 131, a Queens. L'home l'ha deixada i ella i la germana petita tiren endavant el negoci. Però necessiten un mascle —i aquí somriu i li fa una breu carícia al nas, i, oh, no, l'Àlex s'enrojola com una adolescent que encara no domina les hormones— que tragini les caixes, els bidons d'aigua, les verdures, que mati ratolins i escarabats. Bé, els escarabats ja ho fan elles, però els ratolins els fan por. A totes dues.

—A mi també.

—Doncs t'aguantes. Si algú pregunta, ets un cosí que està de visita i que els dóna un cop de mà. Paguen una misèria, però són amables. No parlen anglès, però tu sí que parles espanyol.

—Quan començo?

—Demà.

—Demà?

—Sí, demà. No cal que vagis a la barberia ni al sastre. Encara estàs massa bé per al que elles volen. Ah, i no et deixis seduir. Les mexicanes són de sang calenta.

—Les sueques i les noruegues, també: ho diu en qualsevol llibre de zoologia.

—I ara el llibre. I per cert, m'ha dit en Ben que t'ho fas amb la Fanny.

—No.

—Però t'agrada?

—Com vols que...? Estàs ben sonat.

—Una mica, doncs. El llibre. Són fotos de reportatges històrics. Aquelles en què es pot posar al peu «El fotògraf hi era», i que imprimeixen als llibres d'història. Mira aquesta: és magnífica.

L'Àlex mira un nen a la cua d'algun lloc populós amb un platet ple de menjar a la mà. Al peu posa que és de Werner Bischof, i que allò és un camp de refugiats de Corea del Sud.

—Em pensava que no t'agradaven les fotos en què surten criatures.

—La majoria, no, perquè veig la intenció del fotògraf de despertar la sensibleria de l'espectador. Els nens estan bé en els anuncis, que no amaguen el que volen vendre, però en reportatges és un recurs fàcil. La crueltat humana, que és infinita, si mossega una criatura ens desperta un atàvic sentit de protecció. I és fer trampa. Com a fotògraf, vull dir

—I aquesta?

—Aquesta és magnífica: és Catherine Deneuve amb Luis Buñuel en el rodatge de *Belle de jour*. Són uns podrits: com que és una foto d'agència, no consta el nom del fotògraf.

—I aquest no és Aldo Moro? Va morir així, al mig del carrer?

—No, no: és un guardaespatlles d'Aldo Moro.

—I aquesta?

—Aquesta és una obra mestra: és de Martin Chambi. Són pagesos peruans, amb els seus ponxos i cara d'estupor, davant de la justícia a Cuzco. Fa ganes de sortir al carrer cridant i maleint els déus.

—Just al costat d'una xapa de Hoover presentant-se a la presidència dels Estats Units.

—Eecs!

—I aquests?

—Aquesta és d'una dona magistral: Margaret Bourke-White. Són ciutadans de Weimar a qui es va demanar que veiessin l'evidència de l'atrocitat al camp de concentració de Buchenwald, acabada la guerra. Guaita les cares. Hi ha una certa altivesa però també alguna cosa commovedora, l'ombra de l'ala de la culpabilitat col·lectiva. La compassió, que és universal. La culpabilitat és negra i la compassió és blava.

—Vols dir?

—Tu, Àlex, sabies que aquí ser blau o sentir-se blau vol dir que estàs trist?

Rosario no tenia més de vint anys i la seva germana, Maria, uns dotze. Eren baixes, rodanxones, de cabells lluents i de pòmuls alts. Eren coratjoses i a fe que sí que necessitaven ajuda. La seva botigueta era de tota mena de queviures. Hi havia escarabats a dojo i les insensates ruixaven amb insecticida verinós patates i enciams. I tanmateix, la botiga estava neta. Les inspeccions a Nova York són dures. Rosario deia que preferia que a les patates, que en definitiva s'han de pelar, afegia, hi hagués una mica de ruixim tòxic que no que un inspector veiés aquests desagradables animalets corrent per la botiga. La Maria n'escombrava cada matí una bona ració. Algunes encara espeternegaven, potes enlaire. Les dues dones només parlaven espanyol, però deien que entenien l'anglès. Vaig intentar explicar-los els avantatges que tindrien si aprenien l'anglès.

—¡Mira el españolito este, que habla como un predicador!

Havia de ser-hi ben d'hora, però marxava a les cinc de la tarda. Primer dinava amb elles, però aviat em vaig afeccionar als burger del voltant, que eren barats (oliosos, pudents, amb el terra ple de deixalles, però barats) —i jo volia estirar al màxim els diners de la mare—, perquè el menjar que elles preparaven em feia venir cagarrines. Les espècies, suposo, perquè eren estranyament netes, totes dues. Jo no sols ajudava sinó que de mica en mica vaig començar a atendre clients —sobretot angloparlants— i també a fer números i a redactar les comandes, a mà. Els vaig fer comprar un ordinador de segona mà i els el vaig posar a to. Però me'l van carregar al meu compte.

—¡Mira si eres machito! ¿Que no lo compraste tú, para tu regalo, el computer?

Paciència.

Un dia va entrar un paio i em va dir que què hi feia, treballant allà. Ostres, un inspector. La Rosario es va materialitzar al meu costat i va dir que era un nebot. Era irrisori: les dissemblances físiques eren enormes.

Jo vaig aclarir, en anglès:

—Sóc amic d'Óscar, el nebot de la senyora Márquez, la propietària. Estic passant uns dies a Nova York i he vingut a visitar-les. No em fa res ajudar-les.

—I què et paguen per la teva generositat?

A mi encara em costava entendre l'anglès de debò, el del carrer, quan masteguen trossos sencers de paraula, però tenia massa por que s'hi fiqués la Rosario i la cagués.

—Pagar? Però si no tenen ni un centau!

—És la teva bona obra del dia? Què ets, un sant o un *boy scout*?

—Sóc un penjat que passava per aquí. Home, no costa tant ser amable.

—Prefereixo no tornar-te a veure. Gasta la teva caritat al teu cony de país. Y tú, Rosarito, ¿no me das un refresco, chalana?

El carrer 131 de Queens és un carrer bonic. Hi ha un pati enreixat amb tela metàl·lica amb uns atrotinats cistells de bàsquet i el terra trepitjat massa vegades fins a fer-ne una massa entre el color salmó i el color de la merda. No hi vaig veure jugar mai ningú. Els xavals del barri devien anar-hi a la nit, a bescanviar porros i algunes *gotes*. Eren sens dubte adolescents irats, detritus d'una societat opulenta que escup cendra inútil per la xemeneia de les fàbriques, com els nazis escopien cadàvers gasejats. Un adolescent irat és sempre perillós. I més quan la ira no té remei. Els programes d'inserció laboral són irrisoris i la gent riu i fa trampes. Els pares es queden les ajudes per als fills i els fills roben queviures i rellotges platejats.

A les papereres sovint hi veig xeringues, pells de síndria, preservatius, diaris, plats de plàstic amb restes de menjar. A boqueta de nit, el terra fumeja com si tota la ciutat s'aguantés en un núvol calent i uterí. A la vora, hi ha Jamaica Avenue, que és un carrer tumultuós i força agradable. Hi ha camells arreu, però no es fiquen amb tu si no molestes. El pitjor de la meva feina no és el salari, sinó la distància. Trigo ben bé dues hores d'anada i dues més de tornada. La tornada, però, és emocionant. Hi ha, sencer, el mapa del meu desig, esperant-me, en aquell petit apartament que conté el meu Jonàs, i que jo havia fet acollidor.

Els desitjos són brillants com gemmes, i també vulgars i petits, com un xiulet de plàstic que compres per al menut de la casa i quan l'hi dónes el tira a sota del radiador com si fos un peix mort. El meu desig petit és comprar un sofà i llençar aquell tan espellifat d'en Jonàs. Em sento com si fos la seva dona, fent-li agradable la vida, i alhora em sento el mascle que surt al carrer a guanyar-se la vida carrejant caixes i clavant-se estelles punxegudes que fan mal tot el dia.

Ha arribat el moment que tinc uns diners, negres, però meus; il·legals, però honrats. Que bo que sóc. He ullat un sofà de segona mà que no em volen portar a casa ni amb propina. Quina llàstima: era perfecte: de color verd, amb les molles perfectament tibades i reposabraços tovíssims; no massa llarg ni massa curt i a un preu increïble. Li ho comento a la Maria, un dia que l'ajudo a preparar amanides —que venem en recipients botits de porexpan i que tenen molta requesta—. I ella diu mamacita —«mamacita» és la seva germana, ves— i dialoguen amb els caps junts. A l'hora de marxar entra un pinxo que em mira com si fos un insecte molest.

—¿Es este, el tipo?

Té una furgoneta i m'hi fa pujar. La cabina fa una olor insuportable de fum vell de porros i de curri podrit. Ell és tan antipàtic que te l'imagines, en somnis terrorífics, com a company de cel·la en un país asiàtic. Però em porta a la botiga de mobles de segona mà, on un tal Harry ens ajuda a carregar-lo. I després anem a Manhattan, fins al nostre apartament. El deixa a la vorera i no vol tocar els meus diners, que, segons diu, me'ls havia de ficar al cul perquè «apestan», i se'n va.

En Ben m'ajuda a pujar-lo. I després m'ajuda a portar el vell (que tornava a estar carregat de llibres i diaris, com si en Jonàs segregués paper) a darrere, al carreró. Quan baixem a sopar, el sofà ja no hi és. I en Jonàs es burla de mi i em diu doneta i tanmateix fa aquell sospir inevitable, el que fa una ostra quan s'obre, quan s'hi escarxofa.

—Ara només hi calen un parell de coixins.

—Com és que no l'has comprat que sigui llit, també?

—Ja no t'agrada dormir amb mi?

—Deixa't de carallades, Àlex. Demà tenim una missió.

—Jo treballo.

—És diumenge, nen, que vius als núvols o què?

—Nova York em mareja. Escolta: com puc trobar feina legal? Perquè a ningú li deu interessar aprendre llatí, aquí...

—Que ets boig? La llei diu que si algun natiu sap fer una feina no es pot contractar un estranger. De professors de llatí n'hi ha pocs. Ets la teva millor basa, ocellet.

—I la missió de demà?

—Anem al Guggenheim. Em ve de gust veure amb tu una exposició de Danny Lyon. Et cagaràs a sobre, nen.

—Abans de tenir feina vaig veure quasi tots els mu...

—Que estic parlant d'una visita turística? Estic parlant d'art, guapo!

Havent sopat trec les escombraries a fora. I aixeco el cap. I és allà. Una lluna rodona, amb pinzellades grogues i reflexos platejats. Perfecta, universal, potent. Una lluna que pot xuclar-te o escopir-te, que està per sobre de tu i la teva estúpida ànima i la de tota la ciutat. Una lluna d'una bellesa insòlita, harmònica. Una deessa. Entro a buscar companyia i ensopego la Janet. L'agafo de les espatlles i la porto a fora i, suaument, li aixeco el mentó. El meu dit assenyala el prodigi, un miserable Colom descobridor d'enormes continents coberts d'argent. La Janet va a parlar però queda muda, fascinada també. Ens estem així uns quants minuts. A la fi m'agafa la mà, sense deixar de mirar, i me la prem. Un pacte d'amistat eterna, com quan de petit et punxes un dit i bescanvies sang amb un amic. Tot i la sida i els advertiments públics, perquè l'amistat eterna és una arma perillosa i és de color vermell.

Quan tornem a dins som una mica més feliços i en aquell precís moment jo entro a formar part de la complexa família de desheretats que compartiria amb en Jonàs. Nàufrags que arriben a la riba i que es reparteixen l'únic coco de l'únic cocoter.[12] Fumeja la ciutat i nosaltres tenim un secret. I en Jonàs és bell i vol que gaudim junts d'una bellesa ordenada o penjada o projectada o erigida en un museu en forma d'espiral. Hi ha una orquídia que, en llatí, es diu *Spiranthes spiralis*, i demà en Jonàs i jo veurem, en un museu fabulós, les fabuloses obres d'aquell autor fabulós el nom del qual m'ha fugit del cap.[13]

Diumenge al matí Nova York és una ciutat bellíssima, quan surt el sol i deixa de bufar el vent. Els carrers tenen aire de festa i la gent bull eixelebrada, com en un petit poble de la costa catalana. Els policies somriuen amb les galtes envermellides i els llavis molsuts, colpejant-se la cuixa amb la seva porra intimidadora.

L'exposició: són homes tancats a la presó. Aquí es dutxen, aquí miren a través de reixes impenetrables, aquí transporten safates de menjar. Són fotos en blanc i negre i regalimen duresa i compassió, estan teixides de metàfo-

12. Heu llegit *The House of Mapuhi*, de Jack London?

13. Danny Lyon!

res i són hipnòtiques. Ni en Jonàs ni jo no diem ni una paraula, davant de cada quadre. Des del darrer pis, el vestíbul del Guggenheim és espectacular, amb ginys mòbils penjats del sostre i una serp gegantina reptant per la barana.

Al carrer, en Jonàs sembla feliç i em diu, incongruent:

—Has sentit mai parlar de Gary Buttery?

—No. Qui és? Un altre fotògraf?

—No, animal! És músic. Fa concerts de tuba.

—De tuba? Com a solista?

—Sí. Oi que és sorprenent? Si vols te'n poso un, a Internet.

—Jo he sentit a parlar d'un petòman molt cèlebre que feia concerts de pets i que podia tocar la Marsellesa per a la gent benestant de París.

—Mira que ets vulgar, quan t'ho proposes, Àlex!

Anem caminant fins al Museu d'Història Natural. Primer travessem Central Park. El paisatge avui és esplèndid, i les catifes verdes, sumptuoses, com si fos el palau d'un Gran Califa que ens rebés de bon humor. Hi ha aigua, arbres, ocells i esquirols. Un vent que ja és fred però estimulant i el cel. El cel és sobre nosaltres, fent-nos companyia. Seiem en un banc al costat d'un home vell, afroamericà, que du barret i guants i que repenja els colzes als genolls. Ens mira, amb aquella mirada estil Morgan Freeman que et fa la sensació que has fet alguna cosa mal feta i que ja no té remei. En Jonàs li diu com va això i ell diu mira, aquí, comptant el temps, i en Jonàs diu aquest meu amic és molt intel·ligent, i ell diu vols que posi el barret a terra a veure si li tiren uns centaus?, i en Jonàs diu pregunta-li alguna cosa, home, que és de franc.

Jo em moro de vergonya, però quan en Jonàs diu: digues alguna cosa lluminosa, per a aquest senyor que compta el temps, se m'encén una llumeta i dic:

—Sabeu què és la realitat? Ningú no ho sap. Cadascú atrapa el que pot i ho passa pel sedàs del que espera trobar-hi. Hi ha gent que només hi veu maldat i cobejança, i hi ha qui només hi veu carn per fornicar; hi ha qui hi veu equacions, i qui hi veu enigmes i qui hi veu representacions teatrals...

L'afroamericà m'interromp i em pregunta, fill, però tu d'on ets, i en quina llengua parles? Quan li dic que parlo català (tot i que estava parlant un anglès molt acceptable) replica, condescendent, fas ben fet: a cadascú, allò seu. I després d'un silenci diu, més fluix: anaves a explicar-nos què és la realitat.

—Per al surrealisme, la realitat no és més que un element del conservadorisme de la societat, que es fonamenta en la covardia individual, i al fons té una cosa tan vomitiva com l'amnèsia voluntària sobre la qual l'home es repenja per donar, als altres i a si mateix, gat per llebre. Els surrealistes pretenen fer sortir l'home d'«aquesta caverna de mentides». Sap qui és Dalí? També era català i va inventar el mètode paranoicocrític, que conjuga el pensament dialèctic i la psicoanàlisi...[14]

—Prou, Àlex.

—No, deixa'l. No sóc tan ignorant com us penseu. Els blancs sou tots iguals: us sentiu superiors, mentalment superiors a la resta de la humanitat.

14. Això pertany a la nota de premsa que André Breton va fer per al llibre *La Femme visible* de Dalí, quan encara eren amics.

—I els d'esquerres se senten moralment superiors a la trepa del Tea Party, i els músics d'arreu del món i de totes les tendències se senten superiors perquè parlen un llenguatge místic que només ells entenen i que els altres ens limitem a escoltar, que ens frega la pell però que no entenem.

—Sí que ets llest! I si et llanço una pilota me la tornaràs a canvi d'una galeta?

En Jonàs riu i li diu si li pot fer una foto. I l'home diu que sí i es meravella que, en comptes del mòbil, en Jonàs tregui la seva maquinota i faci positures mig agenollat o posant-se de puntetes a darrere d'ell.

Però jo no en tinc prou: prems un botó i l'amant s'excita; en prems un altre, i l'alumne indaga; en prems un de tercer, i un soldat està disposat a morir per la pàtria. La qüestió és saber prémer els botons, i saber on rauen, on s'amaguen, i descobrir el mapa personal dels desitjos.

—A l'*Odissea*, quan Ulisses és amb Circe...

—He llegit l'*Odissea*.

L'home ho confessa amb naturalitat. No té nom, ni en sabem res. Vesteix com qualsevol i seu en un parc a prendre el sol i tanmateix diu que ha llegit l'*Odissea*. Jo recordo vagament una antiga traducció, a l'anglès, d'Alexander Pope, considerada durant anys i panys canònica, però no em ve al cap ni un dels traductors moderns.

—Vol dir que n'ha vist la pel·lícula.

L'home em mira. Té venetes roges al blanc dels ulls i una enorme berruga a l'aleta del nas; el front, corrugat perquè continua amb els colzes als genolls i ha d'aixecar el cap per mirar-nos. Li balla un mig somriure als llavis, molsuts i foscos.

—No, no vull dir això. Sabeu què hi vaig veure? En el llibre. En l'*Odissea* dels collons. Gana. Aquest Homer devia tenir molta gana, perquè no hi ha cap fragment, o això que en diuen cant, en què no mengin i beguin. I a fe que mengen i beuen fins a quedar farts. I només carn! Diuen que la mar és estèril, perquè els peixos no els agraden. He sentit a dir que això els passa, o els passava, a tots els mediterranis, vosaltres sabreu. Fa la impressió que el menjar ocupava aquesta fosca realitat oculta del teu Dalí i que, cec o no, escrivia per sadollar-se amb la imaginació.

—Això que diu, perdoni, però és molt superficial.

—Saps què en penso, xaval? Que ets d'aquelles persones que tracten l'art com si fos de vidre i es pogués trencar.

Jo goso dir-li, pretenent una desimboltura que contrasta amb el glop espès de saliva, de la consistència d'una ostra encara viva al bell mig del coll:

—A què es dedica?

—A anar fent. A escoltar brètols com vosaltres. Brètols inofensius, és clar, si no ja no seria aquí veient aquest pallasso ballant ballet al meu voltant i escoltant les ruqueries antigues d'un savi massa jove per estar tan cobert de pols.

—Ets pedant, Àlex —em diu, quan marxem, sense estar ofès, en Jonàs. Sembla desil·lusionat. Jo no sabia que volia presumir de mi.

Després caminem, fins que comença a plovisquejar i ens hem de ficar al metro. La roba de la gent fa olor de molsa i d'armari resclosit i els ulls dels negres són grossos i els dels blancs incolors, com si estiguessin a mig bullir. En Jonàs riu mirant el resultat de les fotos al vell afroamericà del parc del Museu d'Història Natural. En sortir, a una desena de carrers de casa, diu, vine que jugarem a una cosa.

Em porta a un carrer on hi ha uns grafitis molt singulars: són negres, com siluetes de coses. En un hi ha un nen amb una destral a la mà i just a l'extrem de la destral hi ha una vermella boca de reg, aquesta de debò. Em mana que posi el cap sobre la boca de reg i s'aparta a fer la foto.

—És Banksy. Un geni dels grafitis. I aquest és el seu territori.

Després trobem, també en silueta, un gos que pixa, alçant la poteta, i un fotògraf que té cloves d'ou en el lloc dels ulls, que té alguna cosa de Magritte. És, tot plegat, suggerent.

—Em recorda els dibuixos del meu llibre infantil *Contes d'Andersen.*[15]

—Ai, Àlex, portes encara la infància carregada a les espatlles!

—Vols que, per variar, anem a sopar a un lloc nou?

—Com, de nou?

—Ho paguem a mitges, fa?

—Com, de nou? —repeteix.

—Això ho deixo a les teves mans, que ets el *newyorker*. Jo sóc un fotut estranger que està aquí il·legalment i a qui un dia engarjolaran i sodomitzaran i tu no em vindràs a visitar, excepte que pensis que pots fer bones fotos a la garjola.

—Anem al Valentine. És una pizzeria d'aquelles refinades i ho fan bé. No és barat, però ho podrem suportar.

15. Es deu referir al genial Arthur Rackham, les il·lustracions del qual són siluetes negres només en algunes ocasions.

Tornem a entrar al cau del metro, on tot de gent canta, toca instruments i pica tambors de cartró. El comboi sembla cansat i la seva ànima de ferro sua, però la gent fa cara de diumenge, és a dir que tenen ganes de somriure perquè estan avesats a no fer-ho. Costa més empassar-se rialles que no empassar-se llàgrimes.

Quan ens entaulem, em deixa anar la bomba:

—Ah, me n'oblidava: t'he trobat una feina. Una feina de debò. Vull dir, amb contracte i tot plegat.

Jonàs: sóc un fastigós nen que no creix i un repugnant cregut a qui li agrada *épater* fent coses rares. Sóc un projecte sense acabar, sóc l'esquelet d'una casa que es va interrompre quan va esclatar la bombolla, l'estafa més grossa de la història contemporània, i aixeco les meves inútils bigues al cel, que em retorna pluja i jo em rovello. Jonàs, vull ser com tu. Vull deixar de mirar cap endins i aprendre a mirar cap enfora. Vull que el meu melic sigui un insecte mort i que la realitat torni a existir, malgrat Breton. Vull que les teves carícies m'arribin allà on tinc el defecte de fàbrica i que, quan em penetris, el meu plaer sigui la porta d'un univers ordenat, on Ulisses menja fins a afartar-se i Horaci no es baralla amb l'emperador. Vull ser tu i alhora vull que tu m'obris les costelles amb les mans, com si les costelles fossin les portes d'un armari que em resisteixo a abandonar i que fiquis totes dues mans en la sang ardent que el cor bomba sense parar, de dia i de nit, quan plores i quan rius, quan llegeixes i quan bades, quan estimes i quan odies. Vull que el teu petó em canviï per sempre el gust amarg que destil·la la saliva que m'ha tocat tenir.

Sóc al bar sopant amb la Fanny, i li estic explicant la meva (possible) futura feina i el meu ingrés en la retuda milícia dels ciutadans decents. En Jonàs va marxar, després del sopar al Valentine, i ha passat tot un dia i encara no ha tornat. No goso molestar-lo al mòbil. No sóc una doneta plorosa que s'enyora del mascle cada cinc minuts. A més, he estat molt ocupat.

—És, de fet, una acadèmia. De luxe. És a Lexington amb el Cinquanta. Necessiten un professor de llatí. El meu títol aquí no val, així doncs, he de passar un examen. El senyor Karl Montague, l'amo, li ha donat, a en Jonàs, un esquema del meu examen, i estic estudiant de valent. Els honoraris són magnífics. De fet, sóc ric. Saps, Fanny, quina sensació tan bona és saber que hi ha pasta a l'aguait?

—Poques coses sé tan bé com aquesta! Has vist la sopa, com és de bona? Doncs l'ha feta ella, la vella. Està tocada del bolet però encara té coses endins. I què? Quan t'examines?

—Això no ho sé. Tinc un número de telèfon. Fix. I res de mails. Crec que són gent antiga.

—Tio, per voler un professor de llatí...

—Però el millor de tot és que amb el contracte he de regularitzar la meva estada aquí. He de fingir que acabo d'arribar.

—Això si passes l'examen.

—Això si passo l'examen.

Després de la sopa, en Ben ens porta pollastre arrebossat. Regalima greix. L'aixafo amb la forquilla i l'eixugo amb el tovalló de paper. La Fanny em mira fer i fa un gest de paciència, com qui conviu amb un nen malcriat.

—Àlex, com van les coses amb en Jonàs?

—Puc ser sincer?

—Com vols que et contesti que no a una pregunta com aquesta?

Fanny, de prop, i si prescindeixes del maquillatge, és una noia bonica. El cos, tan arrapat per un vestit que li marca les formes i que deu ser qualsevol cosa excepte un abrigall, és espectacular. Gran, genial, fantàstic. Tot això. Però el que té d'encantador és la forma de la barbeta, una mica carnosa i que fa pensar en una nena que encara no ha fet la darrera estirada. Avui és rossa i arrissada i té una mirada fosca i intensa, com una noia del sud, tot i que ha nascut a Brooklyn. Té una edat incerta. I el vici de tocar-se el coll, en una eterna manyaga o com si estigués posant-s'hi crema. La meva mare feia un gest semblant, abans de l'embòlia. Les mans de la Fanny són primes i llargues, fràgils com delicades potes d'insecte, i tanmateix els artells són enrogits perquè sens dubte ha de fregar, no és cap senyorassa. Fa l'efecte que es guanya bé la vida, tot i que estigui tan sovint en aquest bar de mala mort.

—Saps, Fanny? Em fa l'efecte que estic vivint a *La casa de la pradera*...[16]

—Què cony és això?

—Bé, és una sèrie antiga. És sinònim de cosa edulcorada, de gent bondadosa, de...

—Ah! *Little House on the Prairie*. Si la passen sempre, per la tele! A mi m'agraden les sèries antigues. Però més les pel·lis.

—Doncs jo em sento...

16. Dic «*The house in the field*»...

—Tio, ets dels que ho analitzen tot.

Silenci.

—Va, no t'enfadis. Vols una altra cervesa?

Silenci.

—Vinga: explica'm per què ets a la casa de la prada.

—Veuràs: en Jonàs és bo, la Janet és bona, tu ets bona, la senyora Grilli fa bona sopa i d'ençà que jo sóc aquí no ha tornat a fer servir el llit d'en Jonàs...

—Ha, ha, ha!

—I tu per què ets... això?

—Puta?

—Sí, per què?

—Quina versió vols: la de la pobra noia d'una família desestructurada, la del xulo que m'hi va obligar, la de la companya que m'hi va portar, o vols versions més fortes? Vols masturbar-te a la meva salut?

—Tan cínica ets?

—I tu tan babau... Mira: el malparit d'en Wilfred pega a la Janet, i el...

—Però si se l'estima molt!

—Saps el conte aquell de la mare foca? És un hivern molt dur i no hi ha manera de trobar peix. La mare foca acaba de parir i té quatre foquetes mamant tot el sant dia. I la gana estreny. Un dia, es menja el més petit. I dos dies després, un altre. En una setmana se'ls ha cruspit tots. I se'ls estimava molt. Si les foques tinguessin la capacitat de plorar, aquesta foca hauria plorat tot menjant la carn tendra dels fillets.

—És repugnant!

—Doncs en Wilfred li fot unes pallisses que la deixa baldada. Ella és bona tia, però li agraden els homes, hi coqueteja, algun petonet, res de seriós. La vella s'ho fa tot a sobre i fa pudor. I el desgraciat d'en Ben podria partir-te el cap només per una aposta. I jo? Jo sóc una puta que ni tan sols ha trobat la manera d'engalipar algun tio enrotllat i amb pasta. Ves, tu, la teva casa de la prada, de quina pasta és.

—Però en Jonàs...

—En Jonàs és tota una altra cosa, tio. A en Jonàs ni tocar-lo. Ja t'ha contat per què porta una dent d'or?

—No: és el nostre secret.

—Ha, ha, ha! Que n'ets, de divertit, mamonàs! Un secret que sap un dels dos i l'altre no no és el «nostre» secret...

—M'ho contarà quan ell vulgui.

Silenci.

—Escolta, ja que guanyaràs molta pasta, per què no pagues tu el sopar dels dos?

—Fet. Veus?: la casa de la prada.

Aleshores la Fanny abaixa la veu, i s'inclina cap a mi com si em volgués fer un petó. Acosta els seus llavis mal pintats —dissolts en el greix del pollastre arrebossat— a la meva orella i diu:

—Saps que una vegada en Jonàs va matar un home?

Demà m'examino i estic preparat. És un examen de gramàtica, fàcil, però estic especialitzat en literatura llatina, i he hagut de fer memòria. Records antics. Lletanies apreses en llargues tardes d'estudi. Però estic sol, en pijama, i tinc fred. En Jonàs fa cinc dies que és fora. Ja no em queden diners, i no m'atreveixo a demanar-ne més a la mare.

El meu mòbil, a part de ser caríssim (compta com si estigués a Catalunya), ja no funciona. A més, el compte corrent d'en Jonàs tampoc no és segur: i si no torna? M'agafa fred i sento que algú m'ha prohibit l'aigua i ja no puc beure. I que l'aire pesa i costa que navegui pels pulmons. He de deixar de sentir compassió de mi mateix, però, i si no sé sobreviure en aquesta ciutat bella i hostil? Si no torna en Jonàs, si no torna, si no torna. Miro el seu *fedora* penjant d'un clau de la porta. Se l'ha deixat, estigui allà on estigui. Deu ser cosa de la feina, no? Miro obsessivament el Radziwill de la paret i sento com m'enfonso a poc a poquet dins d'un fangar brut i gelat. Ahir vaig sentir una batussa entre en Wilfred i la Janet que em confirmava que la violència és allà on hi hagi éssers humans. I que, si estigués desemparat, aquesta no és la meva família ni en voldrien saber res, de mi. Estic espantat. Si demà aprovo, i si m'accepten, passarà un mes abans no cobri. Si hi hagués en Jonàs no hi hauria problema, perquè m'ajudaria, com sempre. He proposat a la botiga que em donin més hores o més salari, però s'han burlat de mi i han dit carajo, ¿qué crees, que somos dos chingás? Em vénen llàgrimes als ulls que em resisteixo a deixar anar en la meva solitària dignitat.

I aleshores s'obre la porta i entra en Jonàs. Té la meitat de la cabellera tallada, la barbeta inflada i amb pústules i crostes de sang i un enorme estrip a la camisa. Està pixat, amb l'ominosa taca de pixum a davant dels pantalons. I la mirada tèrbola. No diu res i s'estira al llit fent un enorme soroll de vaca moribunda. Ronca.

Està borratxo.

III

JONÀS

La senyora Leonor diposita la tassa de te sobre el platet i s'eixuga els llavis ressecs amb tovalló de tela, orlat de randes. És a la tauleta de la sala i el diari, en desar-lo al sofà, s'ha escampat per terra. La senyora Leonor rellegeix la postal:

Mare,

Em sap greu molestar-te de nou. Tinc una feina molt atractiva, aquí a Nova York, però no cobro fins d'aquí un mes. He de pagar el lloguer i uns llibres que m'han fet falta. Sé que no hi tinc dret, però et suplico que m'enviïs almenys tres mil euros. L'adreça i el número de compte és un altre: és Janet Sockshill, i a sota t'escric el número de compte bancari. No em fallis, mare. Et prometo que t'ho tornaré. Cuida't molt. Ja saps que t'estimo,

Àlex

La data és de fa deu dies. La senyora Leonor sap del cert que darrere d'aquesta en vindran d'altres, de postals. Contempla la seva desemparada solitud i agafa aire amb orgull. Intenta acariciar-se el coll, amb la mà bona, però troba penjallons i hi renuncia. El seu fill Àlex no ha estat mai el seu suport, com li pertocava ser-ho, i ara ha fugit dels seus deures i encara em demana cèntims. Ni els altres dos. Més fill m'és l'Eduard, el nebot, que aquells tres desagraïts. La Maia mal casada, o, pitjor, ajuntada amb un desgraciat que té dos fills insuportables, que no pot portar a veure l'àvia (i una mè, «àvia»!) sense que trenquin alguna peça de l'antiga vaixella, i en Carles ficat en política, o vés a saber en què, murri com sempre, fent el galifardeu: un esquenadreta. Tant mal geni, tants renys, tants càstigs, i de què han servit?

S'aixeca. Es repenja en el bastó d'anar per casa, no el bo, el de sortir al carrer. És molt més còmode, encara que faci tan i tan pagès.

—Encarnita! Reculli el diari i s'emporti la tetera i la tassa. Sóc al despatx. He de telefonar.

La minyona obeeix. La mestressa porta una faldilla grisa i una brusa blava, amb les mànigues acampanades. Un fermall de pedretes petites en l'escot, que Déu n'hi do el que costa cordar-se'l sense demanar ajuda. Sabatilles negres i discretes, però inequívocament d'anar per casa. Sort que no vénen mai visites. Ja no.

La senyora va cap al despatx del doctor, afortunadament traspassat. Descorre la porta corredissa i seu a la butaca —el setial sagrat del mascle alfa— sense poder evitar fer un somriure tort (i per tant sinistre), car aquell despatx era prohibit, i no sols per als fills sinó fins i tot per a ella. Sempre l'ha ofesa. Sempre l'ha burxada. Ara cria malves, estúpid cregut, no fastiguejaràs més ningú, Pau insuportable. Despenja el telèfon —d'aquells antics, amb una rodona on has de ficar el dit i girar— i recorda a temps que no ha de dir senyoreta posi'm una conferència, sisplau. No, no, ara es marca directament. Sap el número de memòria, però, per si de cas, obre l'agenda de taula, que té netíssima i endreçada —sis mesos de feina— i quin gust saber que ara els comptes els porta ella, les adreces les té ella, els telèfons són al seu abast, mai més mai més ha de dir Pau mira és que vull, Pau és que he gastat això, Pau és que vull parlar amb. Mai més. Cria malves, senyor doctor.

El rellotget de polsera marca la una. No serà a casa. Però sí que hi és. Contesta ell mateix.

—Eduard, sóc jo, la tieta Leonor.

Li demana que enviï una carta d'aquelles per ordinador que es reben de seguida, encara que siguis a l'altra punta del món. Que si ell té el número, i que que bé. Que ara no li puc enviar diners, que tinc unes despeses. El lavabo, que s'ha hagut de reparar. I que els altres els té en un compte fix i no es poden tocar. Que tot el que pot fer, si vol, és enviar-li un bitllet d'avió perquè vingui. I que s'allotjaria amb ella. I que per què no torna d'una vegada, és que n'estic ben tipa, Eduard, d'aquest noi, que sempre fa la seva. Que allà no tenen els nostres costums i que —això remarca-ho, Eduard, fill— ella necessita tenir-lo a la vora. Que és el fill gran i compta amb ell. Que a veure si posa seny i ordre a la seva vida. Però, Eduard, no firmis tu, que és capaç d'ofendre's, bona excusa tindria, firmo jo, d'acord?

Sóc en una terrasseta del Presbyterian Hospital, al carrer 68. Tinc a davant la bromosa superfície de l'East River i l'embalum allargat de Roosevelt Island. No m'han deixat entrar a veure en Jonàs i estic espantat. No sóc bo per a les crisis, perquè sóc jo el qui gaudeix d'una eterna crisi, en què els pares, les circumstàncies, un amic malvat o una decepció són el meu suport. Com els elefants de la cançó infantil, em balancejo pesadament sobre sofriments inventats que han generat sofriments reals. O a l'inrevés. Fa cara de pluja i el meu amic està essent sotmès a la tortura de la rehabilitació.

A la meva classe només hi ha set alumnes: Phil Sheridan, un noi pèl-roig, pigat, galtainflat i insuportablement intel·ligent; William Deluc, un tímid noiet morè que sempre està distret; l'estupenda Li Hang, una japonesa que cohesiona el grup, sense dir res; Jack Lynch, un xicot d'una arrogància semblant a la seva supina ignorància[17] però que no té mig calbot; Harry Trevor, un nebot del director que odia el llatí amb la mateixa intensitat amb què m'odia a mi; Samantha Medhurst, guapíssima i estranyament aplicada; i finalment Joseph Cooper, un noi que sempre porta la roba rebregada i els genolls pelats i que riu de tot i en tot moment. Crec que és un fumeta. L'aula és ampla i lluminosa amb dos balconets com els que tenim a casa, i dotats de persianes venecianes i de butaquetes adossades, d'una època incerta. Crec que en diuen *imperi*. Els pupitres són nous i la netedat, impecable. No hi ha tarima però sí pissarra, una de blanca on guixo amb llapis de colors i esborro amb la mà. A la paret de la meva dreta (i de l'esquerra dels meus alumnes) hi ha una lleixa amb diccionaris, una bona col·lecció de clàssics llatins i dos llibres de sinònims anglès/anglès, que no sé què hi fan. La classe és diària, a les deu. Dura dues hores i en acabat he d'estar disponible fins a les tres per a eventuals consultes dels meus alumnes. No hi ha sala de professors, però sí una

17. Això rima, home!

màquina de cafè al petit vestíbul de l'entrada. De fet és un pis particular adaptat com a acadèmia.

El cel és lleganyós i fa olor d'ozó. Sento que ve, crec, del mateix hospital, una música que provo d'identificar. Tot de sobte la reconec: és la *suite* per a piano de Schönberg. Li deien l'Einstein de la música, per allò dels dotze tons tractats sense l'harmonia clàssica, sinó tots ells amb el mateix valor. L'odiaven. Encara l'odien. Imagino una sala de concerts de l'època (quan? Abans de la Primera Guerra Mundial potser?) amb gent enfurismada insultant-lo. Quarta passió. Els melòmans són gent estranya: sempre volen escoltar les mateixes coses. Per això adoren l'òpera: perquè saben com acabarà. Els melòmans detesten les sorpreses, són conservadors i tenaços ocellots que s'aguanten a la partitura amb cara d'amenaça. Ara se sent millor. Sí, segur que ve de dins. Quin malalt posa Schönberg entre sofriments i humiliacions? Potser és un metge, que ni té la precaució d'abaixar el volum en el preceptiu silenci hospitalari? O potser és que aquí en aquesta terrasseta no surt mai ningú. Podria tirar-me daltabaix. Podria estavellar-me cinc pisos més avall i així en Jonàs sabria com pateixo per ell.

Oh, companys, no és pas d'avui que coneixem les dissorts: bé n'hem sofert de més greus, però la divinitat també els posarà terme. Vosaltres heu vist de prop l'enfuriment d'Escil·la i els seus esculls pregonament udoladors; heu experimentat encara els penyalars dels Ciclops: cobreu el vostre coratge, allunyeu la tristesa i la por. Potser un dia us agradarà de recordar fins i tot aquests destrets.[18]

18. *Eneida*, 1,198.

He vingut amb la Fanny. Ella s'ha tret el maquillatge i s'ha posat un vestidet de faldilles no gens arrapat i fa una cara de bona noia que no la hi discutiria ni sant Pere a l'entrada al Paradís. Està preciosa. A mi no m'han deixat passar però ella ha dit que és la seva dona, bé, la seva parella, i han dit passi, però no li agradarà el que veurà. En sortir jo estic mirant un ocell negre que giravolta al cel, un presagi sinistre.

Les escenes que miro de contenir dins del cap són totes horribles. La tremolor d'en Jonàs i la seva síncope. L'ambulància. En Ben ajudant, regalimant-li llàgrimes per les seves galtes d'idiota. La Janet eficient. En Wilfred corrent a avisar la Fanny, car només ell sap en quin cau és a totes hores. L'hospital. A urgències hi ha desori i crits. Estic malalt. Em desmaiaré. No goso mirar en Jonàs, perquè no ho podré suportar. Vull que algú m'estintoli a mi, però ara no existeixo. La llarga nit en blanc. La Janet al meu costat. La Fanny m'ha deixat sol sense disculpar-se: es tracta d'en Jonàs, eh que ho entens, capsigrany? De sobte tinc gana i m'avergonyeixo com si cometés els pecats lletjos d'adolescent espantat.

La Janet. Som a casa, al bar. La Janet i jo sols, a les cinc de la matinada. I m'abraça. M'agafa de la mà i em porta al seu dormitori. Si torna el marit? Ah, una pregunta antiga! Em despulla i m'amanyaga amb tendresa. Tu no ets homosexual, pobret meu. En Jonàs estima així, saps? Ell i jo també ho hem fet. Responc, malgrat jo mateix, que voldria un pit de mare on plorar i ser bressolat. Un luxe que no he tingut, car l'eixut pit de ma mare no em va acollir mai.

Sento un plaer fugaç i m'adono que la Janet és massa ampla, i que el meu membre llisca sense resistència. El final és vulgar i trist, i els sucs, previsibles i incòmodes. El llit de la Janet i el seu home és ample i tou i els llençols són força nets, com si els haguessin canviat aquell dia. Potser estava tot preparat. Perquè a mi m'han violat. Sense resistència, sense crits, sense angoixa, però la meva carnalitat no ha estat fruit del meu desig ni decisió de la meva voluntat. Ara bé, quan puc plorar, aferrat a ella, i ella em consola i em murmura coses dolces a dins l'orella, em sento rescabalat. Janet Janet Janet això nostre no pot ser. A ell l'estimo. Només volia consolar-te, maco, no facis tants escarafalls. No veus que n'hem fet, tots plegats, una muntanya d'una cosa tan simple com és estimar-se, com és fer l'amor? Rondalles de l'antigor. Però tu i jo. No hi ha tu i jo, no pateixis. En Jonàs se'n sortirà. I si ho sabia faria un somriure i diria i et va agradar, Àlex, i tu com un cavaller mentiràs per mi i diràs oi tant. Eh que sí? Ets tan encantador, tan fràgil, tan. Desperto els teus instints maternals, això és tot. No en gasto, jo, d'això. Fa tants anys que els vaig ofegar sota una capa dura de llàgrimes. Lleganyes.

A en Jonàs el traslladen dos dies després al centre de rehabilitació. Tot ho ha pagat la Fanny, que diu que no patim, que li consta que en Jonàs té diners sobrers. I no sé per què em dóna el seu iPad, com si jo pogués obrir el seu compte corrent! I en Jonàs queda amagat de mi i del meu coral romput:

I l'adéu, com un os,
un os petit, creuat brutalment a la gola.[19]

19. Que gran és Estellés!

Les despeses que genera en Jonàs, però, comencen a ser aclaparadores, i la Fanny li ha fet dir el número de compte i em facilita tots els tràmits perquè obtingui diners. Digues-li, a l'Àlex, que no se'n vagi, que gasti el que vulgui. I que ho sento tant. I jo ploro en sentir l'encàrrec, però trec diners i pago factures. També l'habitació i el compte del menjar, i altres despeses només meves, com el transport o el cafè de la màquina de l'acadèmia. Ara ja tant se val: miro la seva correspondència, classifico les seves fotos, i fins i tot he reproduït, en paper, una foto seva i l'he penjada, amb xinxetes, al costat del quadre. El miro sovint.

Hi ha moments en què tot és provisional. Estic vivint a l'espera, com si fos en una d'aquelles antipàtiques sales d'hospitals on mates el temps fent mots encreuats tot intentant beure un cafè espantós d'una màquina espantosa, o, encara pitjor, les llaminadures massa dolces, que fan mal de panxa. Perquè el temps té diverses mesures i els rellotges no són més que una convenció. Els qui viatgen sovint prou que ho saben.

De vegades somnio que estic en una cua interminable i que, quan em toca el torn, m'he equivocat de cua i he de tornar a començar, o que dic paraules que sonen malament al meu interlocutor, com això de dir «coger» a l'Argentina, i em ruboritzo en el somni i demano disculpes i aleshores dic més paraules tabú, sense poder evitar-ho. Perquè els tabús també són una convenció. No tenim altra cosa a fer al món que aferrar-nos a convencions i assegurar que són sagrades i indestructibles.

La mort em bufa una flamarada freda al bescoll.

Faig les meves classes, fico el nas en l'iPad d'en Jonàs com una rata furga amb el seu morret un tros saborós de formatge, aplaco la meva paüra, l'angoixa que batega a la gola i a les profunditats del pit, parlo amb la Fanny, intento defugir la Janet, que em produeix una sensació de vergonya: no de traïció, sinó d'un record de coit malaguanyat i desendreçat, com quan ets escolar i t'han sortit tortes les ratlles de la redacció. I a la nit, quan em colgo buscant inútilment l'olor d'en Jonàs en els llençols, penso, com el Suetoni: *Amici, diem perdidi!*[20]

I de sobte, sento la flaire antiga de la mort, que em sotja. Em vull morir? O estic confós només?

I aleshores camino de pressa cap amunt i cap avall, cap a la dreta i cap a l'esquerra, i arribo a casa retut i bec. Potser acabaré com en Jonàs, potser també ens unirà això. Potser és el que ell reclama en silenci.

Un bon dia, en Jonàs torna a casa.

Està pàl·lid i prim; s'ha tallat (li han tallat?) els cabells quasi al zero i somriu fugaç com una monja llegint una novel·la romàntica. Diu que està cansat cansat cansat. Jeu. No té gana. Fuma i mira el sostre. Torna a somriure i em diu que m'estima. Pensant en tu ho he suportat, això, Àlex. La veu rogallosa. La mirada apagada, com la polpa d'un gra de raïm. L'acaricio posant-hi una potinera tendresa, i ell es deixa fer.

—He d'anar a AA cada dia. Un mes. Tres setmanes sense beure equivalen a tres mesos sense beure.

—Això té alguna lògica o és un mantra consolador?

—No, no: és de debò: si aguantes tres setmanes pots aguantar tres mesos.

—I després?

20. Es refereix a Titus Suetonius, l'emperador romà.

Calla. Es mira les mans, que ara són mans de vell, blanques i balbes com un cos de cargol. Després. No hi ha després. Per a nosaltres només compta l'ara. I els maleïts tres mesos. I l'atònita desesperació de la persona que fica el cap en una tassa de vàter plena de merda i vòmit.

Sento compassió, però la compassió no ajuda el compadit. Mai funciona. Per això la caritat no funciona. La caritat és apegalosa i amaga la rude satisfacció de sentir-se bo.

—Què has fet mentrestant?

—He ficat el nas a les teves coses, en l'iPad.

Assenteix.

—He fet classes. He caminat. He pensat en la mort.

—En la teva o en la meva?

—La teva és inconcebible. En la meva.

—T'has ficat al llit amb algú?

—Sí: amb la Janet.

Esbufega amb un riure mat i depriment.

Al cap d'una bona estona pregunta:

—T'ha agradat?

—La Janet? No. Hi has estat, tu, amb ella? O amb la Fanny? T'adoren totes dues.

—La Fanny és una germana. És bona de debò. La Janet va calenta; tot i l'homenàs que té per marit, aquesta passa gana. M'alegro que no t'hagi agradat. Encara potser ets una cosa així com bisexual.

—Jo seria hetero si tu fossis dona. I sóc homosexual perquè ets home. I si fossis un animal seria zoosexual o com es digui, i...

—O sigui que m'has traït amb una dona —diu rient, a la seva manera apagada.

—*Quid mirare, meam, si versat femina vitam / et trahit addictum sub sua iura virum, / criminaque ignavi capitis mihi turpia fingis, / quod nequeam fracto rumpere vincla iugo?*

—I ara m'ho traduiràs, ocellet?

—Per què t'estranya que una dona trasbalsi la meva vida i m'arrossegui, home com sóc, i m'hagi fet esclau de les seves lleis? És una elegia de Properci. M'ho sé de memòria perquè ho hem traduït a classe, a la pissarra, i hem repetit els mots d'un en un. I m'ha quedat. Però, a mi, ningú no m'ha trasbalsat.

—Qui era aquest Properci?

—Un magistrat de l'Úmbria. Allà al segle v.

—Saps moltes coses.

—Alguna em pot servir per ajudar-te?

Denega, però em prem la mà, amb més força que la que creia que tenia. Estic tan commogut que de nou ploro. Ploro sovint. Ploro per ell. I ploro perquè voldria ser alcohòlic per acompanyar-lo en aquest camí trist i llarg. Voldria ser Orfeu arrossegant Jonàs per la mà, traient-lo de l'infern mentre les fúries bramen improperis, i sóc només un mestretites enamorat i estúpid.

De mica en mica el temps gravita sobre nosaltres dos, perduts i abandonats al bell mig de la ciutat més poderosa del món. Ell, tan malalt, no es repenja en mi i en canvi jo en ell sí. La seva recuperació és més valuosa que l'aigua i que l'oxigen. I tanmateix, ell mai no em toca. De fet, m'ha fotut fora del seu llit. Diu que el meu cos l'engavanya, i jo he suportat vendre el sofà nou i comprar-ne un que es transformi en llit, amb tantes feines i treballs i despesa d'energies que acabo retut. I el mal és que, desplegat, el meu nou llit d'exiliat no cap a la cambra d'en Jonàs. Però tant se val. Amb prou feines dormo. No vol que l'acompanyi a AA ni vol parlar-ne amb mi, però ell en canvi manté llargues converses amb companys d'allà, que s'estintolen els uns en els altres, com els fatídics fanals que aguanten borratxos sota la seva llum groga.

Li pregunto si vol que me'n vagi, si li faig nosa, i se'm trenca el cor de pensar que em rebutja o que fingeix que m'admet només per no ser responsable de la meva mort. Diu que no que no que no. Diu que som els de sempre, però que ara ha trencat el llarg pacte amb el tap de les ampolles i un cop trencat el setè segell les calamitats s'abaten sobre els desventurats, i que ara ha de tornar a tancar el tap. Que a dins hi ha verí i podridura. Fa fred. Fa fred a dins de mi i en les meves galtes i en el cel gèlid de Nova York. I tanmateix avui, diumenge, el cel és tan clar, tan impol·lut que sembla un cristall sòlid; fins i tot et fa l'efecte que si hi piquessis amb els artells de la mà, l'aire faria toc-toc. Les classes em salven de l'agonia de viure, i la gelosia que sento pels companys d'en Jonàs que l'ajuden de debò és tan intensa que he pensat a ser borratxo per poder allistar-me a les fileres dels desnonats de la raó i l'equilibri. Però el meu estómac és més savi que jo i vomito tothora.

La Janet m'ha fet un bon sermó. No ajudes gens així, desgraciat. I després, vols que repetim? I torno a vomitar.

També tinc sort de la Fanny, que ha esdevingut una germana dolça. De vegades ve a casa, durant les sessions d'AA, i jo sec en el meu incòmode sofà llit i ella seu al meu costat i acaba repenjant el cap a la meva falda. De vegades plorem plegats.

—L'estimes?

—A qui? A en Jonàs? En Jonàs, saps?, és alguna cosa més que un gran amor. En Jonàs és l'única cosa decent que he trobat a la vida.

—Un dia m'ho contaràs.

—Sí. Quan en Jonàs et conti això de la seva dent d'or.

Plorar no serveix de res. Fa maldecap i migranya, fa que et moquis i que et trobis pitjor. I tanmateix diu la Fanny que en Jonàs està millor, que les sessions l'ajuden.

—No és la primera vegada que passa per això.

—I serà així tota la vida?

—De vegades, no. De vegades se'n surten de debò. Continuen essent alcohòlics, però se'n surten. I aleshores són com un animal que ha estat engabiat massa temps en un zoo i que no saps si ara és salvatge o un miserable esparracat que demana caritat sense paraules.

Un dia diu Jonàs, això, Àlex, conta'm alguna cosa lluminosa. I jo afuo l'esperit perquè a dins només tinc la foscor de la nit i la por dels condemnats a mort.

—Si vols —diu en resposta al meu angoixat silenci—, demà anem a un lloc que t'agradarà.

—Treballo, jo.

—En sortir. T'esperaré al bar. No, no, no, no passis ànsia. Al bar em vigila tothom.

Quantes persones hi ha al món com en Jonàs, que té ulls i rostres que vetllin per ell? Per mi no ha vetllat mai ningú. Potser quan era un bebè. Però mai més. Vaig exhaurir la capacitat amatòria de la mare en començar a caminar. La meva ració d'amor s'havia acabat per sempre. Fins a trobar en Jonàs.

En Jonàs està pàl·lid i té crostes als llavis. Porta el cap pelat i ha abandonat el *fedora*. Fins i tot la càmera, s'oblida algun dia. Té la mirada vidriosa, i els seus ulls blaus han esdevingut grocs, com si tingués hepatitis. El seu sofriment es transparenta a sota de la pell. Sembla un animal salvatge patint i desitjant la mort, ferotge i trencadís. Ell no es queixa i així el seu sofriment esdevé més cristal·lí i el meu estat d'ànim més i més ensorrat. Crec que pateixo tant com ell, si bé és una mena de patiment diferent. Ell passa un martiri i jo ho contemplo incapaç de posar-hi remei i sentint-me inútil fins i tot per alleugerir-lo.

Em diu que on anem és aquí mateix i caminem. Fa humitat però la gent al carrer riu i es diuen els uns als altres, desconeguts i tot, que l'alcalde és un patata, que on s'és vist, que vés a saber d'on és perquè de *newyorker*, res de res.[21] En Jonàs no somriu. Camina amb el cos una mica encongit i el nas avançat, com fan les aus caminadores. Va de pressa i jo el segueixo desolat. Em porta al 59 de Grove Street amb la Setena. És la casa museu de Thomas Paine, el famós autor del pamflet *Common Sense*, que explica als immigrats què és la llibertat i la democràcia i que va impactar de manera tan contundent en l'opinió pública. Em sorprèn que en Jonàs conegui tan bé aquest autor anglès. Però només em diu que si ara ha mort el Sentit Comú, bé que li hauríem de retre un homenatge a qui el va inventar —o almenys unes absoltes, i aquí somriu, de biaix—, al

21. Es tracta de Bill de Blasio, que, només arribar a l'alcaldia, es va voler fer el simpàtic i va anar a una pizzeria, però es va menjar la pizza amb forquilla i ganivet! Els novaiorquesos no li ho perdonaran mai!

segle XVIII. Jo, sempre tan pedant, li recordo que el concepte ve d'Aristòtil, del seu llibre *De anima*. Em mira de cua d'ull i fa un lleu somriure, més sorneguer. Si la meva estúpida arrogància el diverteix i el treu de les seves sinistres cabòries, benvinguda sigui.

—Va, ocellet: conta'm una cosa lluminosa.

—Primer una cosa trista?

Ho pensa.

—Bé, com que em parlaràs dels teus sofriments de la infància, perquè mai no els has superat ni els superaràs, no crec que em puguin fer mal. El meu pare era un animal: el teu era un insectívor.

—Insectívor?

—Sí: s'alimentava del dolor dels més indefensos animals del món.

—Saps que mor més gent per culpa dels insectes que per cap altra causa?

—Deixa-ho, nen! Insectívor és un insult magnífic.

—Per què creus que no superaré mai la infància, Jonàs?

—És el teu alcohol. Hi estàs enganxat. T'hi rebolques i et claves les ungles en la tendra matèria del teu cervell. Ets un dependent. Però no hi ha Neuròtics Anònims, i, si existís, seria un lloc del qual convindria fugir de pressa.

—Per què?

—Perquè la neurosi s'encomana. L'alcoholisme és més individualista.

—Així, doncs, tu hauries de fugir de mi?

—Jo no podria estar sense tu, siguis fet com siguis.

Continc les llàgrimes i aspiro l'aire fred de Manhattan

com qui ha estat massa temps submergit a l'aigua. Parlo de pressa, perquè també vull reprimir l'eufòria.

—Doncs una vegada vaig fer un amic. Es deia Sergi i venia a la meva classe. Tot i les reticències de casa meva, venia sovint i jo anava a la seva. Tenia catorze anys, jo, i en Sergi també. Un dia, quan érem íntims, li vaig contar un secret. Un secret vergonyós que...

—Ha passat prou temps perquè me'l contis a mi, el teu secret?

Ho rumio i em sento trist i buit. Potser sí que sóc un insecte i el meu pare se'm menjava per esmorzar, cada dia.

—El cas és que no tenia ni un sol pèl enlloc del cos, i això em mortificava.

—Quina necessitat tenies de contar-ho, si et mortificava? Que no us dutxàveu junts, a gimnàstica?

—No. Molts ens dutxàvem a casa. Jo explicava que em feien por els fongs. Bé, suposo que era una manera de demostrar com érem d'amics. Que veiés que jo per ell era transparent com l'aire. El cas és que ell ho va esbombar, i tota la classe em deia «la cantant calba», un motiu que estava de moda, no sé si per la funció de Ionesco o per què.

—Quin cabró!

—Bé, el vaig enviar a la merda. Però ell es va presentar a casa meva i va dir de parlar amb el meu pare. Jo era a la meva cambra, però la mare, sempre tan amable, frisava per contar-m'ho. El teu amic i ton pare són al despatx, secretejant. No sé què li va contar —no calia massa esforç, perquè el pare, si una cosa anava en contra meva, l'agafava, la llepava golafre i se l'empassava—, però va entrar a la meva cambra sense trucar, em va agafar pel braç i em va dir amb aquell to de veu seu que no admetia rèplica que anés a demanar perdó al meu amic i a fer les paus amb ell.

—Hòstia! Sí que és fort.

—Li vaig haver de demanar perdó i fins i tot va venir algun dia a berenar. Era molt ben rebut. I em mirava satisfet, dient amb els ulls que podia més que jo. Però la meva amistat sabia que no la tenia. Ni el pare et pot obligar a estimar. És com això de la pàtria: qui es pot atrevir a dir-te quina és la teva pàtria i que per força has d'estimar-la?

—Mira, un Starbucks: fem-hi un cafè.

A dins fa una boira calenta i uterina i soroll de converses. Algun riure agut, de dona, i un murmuri de veus d'home. La tassa de paper crema i els dos ens mirem alhora, ambdós bufant el líquid.

—Ocellet, la teva infància és encara més merdosa que la meva. Però només hem posposat que em contis alguna cosa lluminosa.

La hi conto. Li parlo de Spinoza, i del panteisme i de totes les menes de monisme. Li dic com va ser, Baruch de Spinoza, d'incòmode en la seva època, i ell, ingenu, s'exclama:

—És l'època d'Ausiàs March?

—No, tio, no! Què dius? El nostre Ausiàs és del segle XV i Spinoza és del XVII! Dos segles després.

Li explico la immanència i la transcendència, i ell pregunta i pregunta —m'emociona tenir-lo interessat—. Per què sóc mestre, jo? I ho intento. El seu entusiasme és una manyaga a l'ànima i fins i tot li ha pujat color a les galtes. Voldria recordar coses i coses, que li interessessin. Lluminoses, com diu ell: ingràvides estrelles que xiuxiuegen música en la seva freda solitud. Voldria ser la clau del món i ell un presoner que es mereix la llibertat.

—Mira: la teva pena és immanent; la meva pena és transcendent.

Ho rumia i fa que sí amb el cap, tot i que jo no estic segur d'haver-ho encertat. I murmuro: *Deus sive natura*.

—Que vol dir...?

—Déu és la natura.

—Explica'm allò de la llibertat.

—Diu Spinoza que una cosa es diu lliure si existeix per la sola necessitat de la seva naturalesa i actua per si sola; en canvi és necessària, que vol dir forçada, aquella cosa que és determinada per una altra a existir i a obrar d'una determinada manera.

Aleshores esclata a riure i diu, bufa, però si estàs parlant de Catalunya i d'Espanya! És intel·ligent, el meu amic.

No hi ha dubte que, dia a dia, en Jonàs està millor, tot i que de tant en tant em fot fora i telefona i plora, de vegades més d'una hora, i jo assegut a terra, amb l'orella enganxada a la porta d'on m'han expulsat: galdós àngel caigut, el sento com plora i com suplica. El consol dels altres, dels seus iguals, i el meu dolorós, inútil i engelosit intent d'ajudar. Fins i tot la Fanny fa més per ell que no jo. Ella, algun cop, el dutxa; ella va amb bragues i sostenidor i el renta a poc a poc i ell es deixa fer. I l'eixuga i li posa el seu dòcil cap sobre la seva espatlla de dona, maternal per definició.

Però està millor, i l'aire de Nova York s'espesseeix i ens arriben rajos de sol que piquen a la punta del nas i floreixen floretes pertot arreu. Nosaltres caminem, després de la meva feina, caminem i caminem. I fem turisme intel·lectual, que en diu en Jonàs amb sorna.

La casa de Mark Twain, que resulta ser excitant, i la Pierpont Morgan Library, i la famosa Pete's Tavern, que crec que és el local públic més antic de tot Nova York, i l'apartament on va viure, i potser on va córrer, en la imaginació, per la seva famosa carretera, Jack Kerouac, i un deliciós racó, el Grove Court, que et fa sentir romàntic i lànguid només posar-hi els peus, com si fossis Manon Lescaut o la figureta estilitzada d'una de les germanes Brontë.

Tot això fem. Una nit, en tornar a casa, i en Jonàs somrient —li ha crescut una mica el cabell i ha agafat el vici d'acariciar-se el cap, potser li pica la suavitat sedosa del seu llom de gat—, ens trobem la senyora Grilli al nostre llit. Esbufeguem al passadís, ofegant els riures. Quin moment deliciós. I decidim obrir amb compte el meu llit plegable i dormir-hi junts.

Sota la manta, ens abracem, els cossos nus, tot i sentir els ruflets de la vella al nostre costat, com si fóssim escolars pecadors que es toquen sota el pupitre davant de la mirada sagaç de la senyoreta Rottenmeier. Em sento tan trasbalsat! I tanmateix no passem de les carícies; ell es burla de la meva trempera i assenyala el seu membre flàccid. Estàs malalt, amic, xiuxiuejo; ja tornarà la teva vigor. Ai, això, Àlex, he vist els ulls del caçador. I jo era la presa. I ara sé que em segueix el rastre. No hi ha res més que aquest bosc sinistre on el caçador afua el seu olfacte i allarga la seva vista. A la fi em trobarà i aleshores dispararà. Al bell mig del cor. Ah, Jonàs, jo em posaré a davant teu i seré el teu escut. No saps el que dius. Per què no et fas una palla? No podràs dormir així. Primer mort que alçar-me d'aquest llit que trontolla i grinyola perquè no cap a la cambra, però que és ara el més semblant al Paradís. Tinc calor, Àlex. Dorm, estimat, dorm.

Quan ell s'adorm sé que la felicitat no és un concepte abstracte, sinó que és tangible. I que la mística és una estafa. Equival a col·locar-se sense esnifar. «Què faré jo de lo vostre cor sense lo cos?», diu la reina, al *Tirant*. No hi ha res més que allò que els sentits marquen. Som criatures carnals, no conceptes. Les religions, totes, són una criaturada per refer-nos de les ferides que fa la vida. Això és tot.

Ara en Jonàs vol que aprengui a fotografiar i es posa a ferme classes, serioses i intenses. Cada dia. I jo escolto, aplicat, i prenc apunts i tot. Està millor i ja no truca tantes vegades als companys d'AA ni necessita la Fanny per dutxar-se. Menja poc, però menja amb gana, i torna a orinar sense sentir la bafarada infecta de l'alcohol que destil·len els seus ronyons. Està tornant a la vida, i està portant-se molt bé, amb molt de valor. No sé si jo podria.

Avui s'han presentat a l'apartament, sense avisar, i en plena classe de fotografia, dos alumnes meus: Joseph Cooper i la japoneseta, tan intel·ligent i discreta, Li Hang. El cas és que li he posat mala nota a en Cooper i ell venia a defensar-se amb l'ajut de la companya. S'entenen, aquests? Però de seguida veig la mirada goluda que en Cooper vessa sobre en Jonàs i m'adono que les coses són més complicades. En Jonàs fa bona cara. Qui podria no desitjar-lo?

Miro d'explicar, sense ferir-lo, els seus múltiples errors, i ell m'assegura com i quant s'ha esforçat. Un adolescent sempre creu que l'esforç s'ha de premiar. Forma part de la cultura americana. I potser mundial. Un caramel per cada goteta insípida de suor. La veu dolça i dura de Li Hang intervé per dir que no són tants errors per a una nota tan baixa, que potser jo el considero, a en Cooper, un cas perdut, però que és molt millor del que jo crec.

—Vols dir que li tinc mania? Què sou? Bebès?

La meva situació és empegueïdora: no m'agrada fer de mestre dur —insubornable, inabastable, implacable— a davant d'en Jonàs, que està atònit, amb els ulls badats com llunes plenes, mirant-nos alternativament.

La situació, però, en el fons em diverteix. I decideixo fer-hi una jugada mestra. Un joc de complicitats. Em sobra la Li Hang. Però sobre ella també tinc una idea. Sóc la pera:

—Per què no fem una cosa? Jo et poso ara un breu exercici de traducció i et dono mitja hora. Li Hang, el meu amic Jonàs i jo baixem al bar a fer una Coca-cola i després pugem i tu ens llegeixes en veu alta la traducció.

—Per què hem de ser-hi, nosaltres? —salta la Li Hang, que es veu que ja donava per feta la seva bona acció del dia.

—Com a testimonis que no actuo mogut per tèrboles manies. Seria joc net. I voldria el vostre concurs. Si supera aquesta prova, li apujaré la nota.

—A mi em sembla just —i en Jonàs ho diu amb una extremada seriositat, que els déus el beneeixin.

La Li Hang arrufa les celles. És una noia bonica, molt intel·ligent, i no hi ha dubte que li agrada en Cooper. Ella, però, no ha endevinat la mirada golafre que ha llançat sobre en Jonàs. O és que en Jonàs enamora tothom, sigui de l'edat que sigui i del sexe que sigui? Però, si fos així, per què no ha desvetllat aquesta mirada en la japoneseta?

Posats doncs d'acord, amb la meva taula, el meu portàtil i els meus diccionaris a l'abast, li poso un breu poema de Catul, òbviament homosexual i estranyament bell i sensible. Que gran que ets, Catul!

Mellitos oculos tuos, Iuuenti,
si quis me sinat usque basiare,
usque ad milia basiem trecenta,
nec mi umquam uidear satur futurus,
non si densior aridis aristis
sit nostrae seges osculationis.[22]

Al bar en Jonàs està encantador amb la Li Hang i ella ens explica enrevessades històries familiars, que a mi no m'interessen gens —potser perquè hi ha un estrany pudor pel que fa a la vida privada dels alumnes, i en Jonàs no ha estat mai professor—. Bevem cafè, ell i jo, i un suc de fruites la noia. Tot de sobte es crea una estranya familiaritat entre els tres, més encara entre ella i en Jonàs. Ella li parla amb desimboltura i amb un bri de coqueteria.

—Ara et toca a tu. Conta'm coses de tu.

—Una vegada vaig matar un home.

—Bufa! No m'ho crec. Ho dius per impressionar-me. I sóc impressionable.

—Doncs és cert. He viatjat una mica, jo, saps? He es-

22. Els teus ulls melats, Juvenci, si se'm permetés de besar-los sense parar, els besaria fins a tres-centes mil vegades i mai em semblaria estar-ne sadollat, ni que fos més atapeïda que les espigues granades la collita dels meus besos (*traducció d'A. Seva*).

tat almenys una dotzena de cops a l'Àfrica, per feina. Fins i tot m'hi va enviar, agafa't fort, el *National Geographic*. Ara fa... no ho sé, potser cinc anys, jo era a Johannesburg. Vaig anar a un barri que es diu Sandton, on viuen els ricatxos blancs. No t'ho creguis, guapa, quan et parlin de la fi dels conflictes racials a Sud-àfrica. Quina bestiesa! Per començar, hi ha hagut un enorme èxode de blancs, atemorits per les noves lleis post-*apartheid*, i hi ha hagut moltes revenges dels negres. És el país del món on hi ha més delinqüència, saps? Riu-te'n, de Juárez o dels estralls dels narcos colombians.

—Però Mandela...

—Mandela no va poder mai evitar l'odi. El que passa és que econòmicament l'*apartheid* era insostenible i el boicot internacional, molt nociu. Bé. Jo no sóc analista polític, però veig el que veig. La sida, per exemple, és endèmica. I l'enorme, consentida, intricada delinqüència. Doncs jo hi era, en un hotelet molt agradable, i feia fotos. I vaig veure com un blanc sortia al carrer, i allà, al mig de la calçada, fuetejava un negre. «Lladre, lladre», cridava. I la gent ho mirava amb satisfacció, o potser era avorriment. Devia ser un espectacle monòton, repetitiu. Jo feia fotos, fins que un guàrdia em va arrabassar la càmera. El blanc enfurismat pegava i pegava i, a la fi, el va matar, el va escanyar, amb el guàrdia mirant-ho, amb la meva càmera als dits. Aleshores jo li vaig dir al guàrdia, torna'm la càmera, i ell va dir no, i jo li vaig agafar la pistola del cinturó, em vaig acostar al blanc enfurismat i li vaig disparar.

—De debò? —Estic estupefacte, malgrat que la Fanny me n'havia parlat.

—Sí. Em van detenir. Em van fotre una pallissa i em van trencar la dent aquesta de davant, i després va venir un home negre i em va xiuxiuejar que si marxava del país no passava res, que ell m'ajudaria. Jo sagnava i primer vam fer una parada a un dentista negre que va cobrar una fortuna (pagava el meu benefactor) per aquesta dent d'or. I em va acompanyar, amb el seu Rolls-Royce, a l'aeroport. Em va lliurar la càmera (amb les fotos esborrades), un feix de bitllets i el passaport i em va dir: «Jove: d'això no n'ha de parlar amb ningú. Enterrarem el blanc i el negre i explicarem que es van matar mútuament i tots els testimonis ho corroboraran. El país no suportaria ara un escàndol internacional. Muts i a la gàbia, d'acord?».

—T'ho estàs inventant!

—Tu creus això, Àlex, que m'ho invento?

—No, no, de cap manera. Tot encaixa. L'única pregunta: si vas prometre callar-ho, per què ens ho contes? I primer a la Fanny.

—Qui és la Fanny? —fa la Li Hang, ensenyant les ungletes possessives que gasten totes les dones del món, de totes les edats.

—Perquè ha passat prou temps.

—Però m'estàs dient que tot és una farsa? Mandela i la pau i la concòrdia entre blancs i negres, i la copa del món de rugbi i... —la Li Hang queda sobtadament muda, com si la llista fos massa llarga i ella no tingués prou alè.

—A Sud-àfrica i a la resta del món, bonica. Viu, viu en aquest Manhattan lleig i pròsper on la gent pixa contra la paret i on s'escriuen les millors novel·les del món. Viu com un peix en una peixera. I no preguntis què hi ha a fora.

—Ets un cínic.

—Sóc un home que ha mirat què hi ha a fora.

Sense soroll, li brollen llàgrimes a la noieta, que regalimen per les seves llises galtes asiàtiques, com una marededéu torturada per la presència del mal al món. En Jonàs em mira per sobre el seu got de cafè. Crec que m'està demanant perdó, per desvirgar la innocència d'una alumna meva. O perquè busca la meva complicitat. O perquè li agrada mirar-me. De les tres, aquesta darrera és la meva explicació preferida.

Fa estona que ha passat la mitja hora i pugem a dalt. En Cooper tecleja en el seu mòbil, tan compulsivament com tots els joves, que s'hi aferren a esbargir les pors i la solitud.

—I la traducció?

Indolent, es limita a allargar-me un paper. Té una lletra horrible, perquè ells ja no escriuen a mà mai. Però la traducció és francament bona. La llegeixo en veu alta, perquè la senti en Jonàs, que somriu i fa que sí amb el cap.

Abans de marxar, la Li Hang es posa de puntetes i fa un petó a la galta a en Jonàs i a mi em dedica una sòbria salutació amb la mà. En Cooper li diu, va, vinga, no facis disbarats. I marxen.

—Nen, estàs boig o què?

—Jo? Què he fet, jo?

—Xaval, et falta una rosca, a tu: et penses de debò que l'ha feta ell, la traducció? A Internet hi ha de tot. El teu fotut Catul també.

Sóc un babau. I un estúpid. I un ingenu, i en Jonàs m'acaricia el cap i es burla suaument de mi. Brillen les estrelles, a dins del meu cap famolenc, i el cor interpreta «Il mio caro amico» i el sexe tiba i la llengua és flonja i dolça. En Jonàs m'estima, eh que sí? Sísísísísí.

—Ara he de sortir, Àlex. M'esperes? Li he promès a la Janet que li portaria la roba de la tintoreria. Té la grip, saps? Espera'm aquí. No et moguis. O millor, fica't al llit. Despullat, fa?

Com que sé que a la tintoreria sempre hi ha cues i el senyor Palmer és gansoner, aprofito per estudiar. En Jonàs és un bon mestre. Aprendre els mecanismes, els obvis i els subtils, de la seva càmera, ha estat un joc de nens. La resta és una altra cosa. El que més t'ha de preocupar, diu, és la llum. La llum. I saber mirar. Jo aplico l'ull a l'objectiu i al principi no veig res més que les coses que hi ha. De mica en mica, en Jonàs m'ha ensinistrat a veure coses que només veuen els fotògrafs. Com els gats, que veuen coses que ningú més veu. Un dit, una ungla, l'ombra d'una ungla pot ser la fotografia perfecta. Una fotografia ha de suggerir, ha de cercar la seva pròpia dimensió, digues-li la cinquena dimensió o com més t'abelleixi, però ha de saber contar la seva pròpia història. Envolta amb el teu objectiu el que vols captar, embolica-ho, atrapa-ho, forma'n part. Regira't, ajup-te, fes un picat o un contrapicat, mira-ho de reüll, obre la imatge, pica un clic el zoom, o tanca'l. Aprèn a mirar.

Tinc una llibreta plena d'apunts, i algunes mostres, en paper d'impressora, de les meves provatures. La majoria són d'una vulgaritat afrosa. Una ofensa a l'essència del que m'ensenya, però n'hi ha un parell en què es veu que he començat a captar el que m'explica. Un dia faré una foto especial: un retrat d'en Jonàs, i serà una obra mestra.

A la memòria de la càmera hi ha una sortida que vam fer pels carrers del voltant. I en Jonàs va dir que qualsevol revista les acceptaria, tot i que encara són molt planes. I molt òbvies.

—La profunditat, això, Àlex, la profunditat. Tu no hi has de veure dues dimensions, sinó tres.

—Que no n'eren cinc?

—Nen, tens un bon mestre i una engruna d'habilitat. Jo, si fos tu, ho aprofitaria.

—*Carpe diem*?

—Pots ficar-te la teva pedanteria al teu refotut forat del cul? O, millor, no ho facis, que t'agradaria: tens la pedanteria grossa i rebotida.

—Abans tenies sentit de l'humor, tu.

—Abans era un tio normal. Alcohòlic però normal. Ara sóc un malalt profund, i tinc el dedins farcit de plagues i tinc cucs als budells i un vesper a dins de les orelles. Tu i els teus maldecaps de nen patidor i no saps què és patir de debò.[23]

Em costa que em perdoni. Perquè li ha canviat l'humor, com aquelles bestioles que canvien de pell i la sacsegen i la deixen tirada enmig de la pols o del sotabosc o d'on sigui que viuen. I continuen com si res amb una pell nova, que també es farà vella i se'n desprendran sense nostàlgia, per imperatiu de la natura. És una metàfora?

I continuem fent fotos. N'hi ha una que és d'unes nenes de color saltant a corda i ell fa un petit xiulet i diu que no està malament, gens malament, això, Àlex, si no fos una imatge tan tòpica. Com un anunci de xocolata o un fullet turístic de Nova Orleans, comprens, nen? O pitjor, dic deseixit, la caràtula de la sèrie *Becker*.

23. Aviat ho sabràs, Àlex.

Em passa el temps volant, estudiant i repassant. Demà podríem fer una altra sortida. Podríem anar a Central Park i retratar fulletes i herbetes i contrallums mullats. I de sobte s'obre la porta i entra en Jonàs. Completament groc, tentinejant i amb una ampolla aferrada pel coll. Salto del llit, despullat i tot, i li trec la roba, l'estiro sobre els llençols, corro a posar aigua en una tovallola i li prego a crits que em digui el número del company a qui sempre truca, en les crisis. L'ànima bessona que sap què se sent quan t'has empassat verí i sents fàstic i vergonya i dolor. Només ells ho saben. I jo estic fora, jugo en una altra lliga. Tot i que aquest és en Jonàs, i és la meitat de la meva ànima.

Ara està pàl·lid i me'l diu, el número, en veu tan baixa que em costa d'entendre. Truco i no em contesten, no em contesten, no em contesten. Fins que algú, amb veu rogallosa, com si s'acabés de despertar, fa digui i jo a crits dic és en Jonàs, és en Jonàs, necessito ajuda. Necessito desesperadament ajuda, no em falli, vingui, vingui de seguida.

L'home s'escura la gola i diu, a l'acte, ara vinc, i penja i jo em vesteixo, em controlo, abrigo en Jonàs, estic temptat d'anar a cercar la Fanny, però recordo a temps que la Janet té la grip, i tindrà tot l'equip amb ella, com una reina. Tot i això baixo i m'acaro a en Wilfred i li dic, ajuda'm, ajuda'm, i ell diu, buscaré la Fanny, vés amb ell.

Quan pujo en Jonàs està despert i diu coses incomprensibles. Rogalloses, com si no tingués dents o li faltés una part de la llengua.

—Què puc fer, què puc fer jo per ajudar-te? Ai, Jonàs, digues-m'ho, que em tornaré boig!

Aleshores s'asserena i em toca el braç. Sembla el tacte d'un llimac, tou, sense esquelet, però és una aproximació conscient, i jo aplico l'orella als seus llavis. Fa pudor de tequila i d'alguna mena de podridura.

—Obre la finestra, necessito aire.

La nostra finestra gira sobre un eix i només s'obre uns centímetres i ell fa no m'arriba l'aire. Corro ascensor avall a cercar el cistellet de les eines i pujo tan de pressa que em falla l'alè. Ell em mira i diu gràcies, ets un bon xaval, ocellet.

Costa molt desenroscar l'eix, i gairebé estic disposat a arrencar-lo amb alicates quan veig el truc i aconsegueixo desmuntar l'invent. Una ràfega d'aire em colpeja la cara i somric: en Jonàs també somriu.

I aleshores. I aleshores. I aleshores.

Es destapa s'aixeca i corre. I aleshores.

Es llança al buit. Onze pisos i jo cridant com un foll. Crido i m'hi aboco, el cos nu d'en Jonàs ha caigut sobre un cotxe aparcat just a sota i una estúpida antena de ràdio li ha travessat l'ull i se la veu, de tan amunt i tot, doblegada en el seu clatell que regalima sang. Com una daga. Com una maleïda daga afilada. Es veu que és l'ull, que és l'ull, l'ull d'en Jonàs i tot el cervell que hi ha darrere. I tanmateix l'antena no serà la causa de la mort d'un home romput, com un conill espellifat penjant a la barra d'una carnisseria. Blanc i indefens. I mort.

Crido crido crido.

De sobte en Wilfred és a davant meu i em bufeteja. Són exactament la mena de bufetades de mon pare: no fan mal: només humilien. Només t'enfonsen en l'interior brut de tu mateix, en les tenebres obscures que són els teixits de les ànimes malaltes.

IV

JO

Ara ja sé què vol dir la profunda, intensa, absorbent i protectora amistat de la Fanny. Perquè se m'ha afillat. Sóc l'hereu d'en Jonàs i de vegades sento ganes de posar-me a cridar, malgrat que en Wilfred em bufetegi. Malgrat que em tanquin en un manicomi. Malgrat que em fotin fora d'aquest país.

Diu la Fanny, un cop i un altre, Àlex, has de tornar a treballar. Necessites el contracte. El necessites. I em vesteix, em banya, m'afaita, m'acompanya fins a la porta de l'acadèmia. Només han passat tres setmanes i encara tinc la mirada regirada cap endins, el dolor bategant-me en tots els racons del cap, la fotuda depressió escanyant-me. Sóc un zombi, un mort viu, una desferra.

Però hi ha la Fanny. I ara sóc cosa d'ella.

No sé com, però he fet les classes.

I he aportat un certificat mèdic. Me'l va aconseguir la Fanny, en un hospital de debò, on em va portar a rossegons i on em van firmar la baixa per depressió i em van receptar unes pastilles que no m'he pres. I el director m'ha dit, ara hauràs de fer una hora més: els alumnes van endarrerits i en un no res faran la prova per a la Facultat de Llengües Clàssiques. Vull que passin tots, ho has entès, eh que sí?

La Fanny és una dona bonica, i està feta a la prostitució. No vull deixar-me la vida en una fàbrica ni fent de cambrera en un bar, com la meva mare. Vull ser lliure. A més, a mi no em controla ningú, vaig per lliure i vull que em deixin en pau, perquè de vegades aporto negoci a les noies que estan esclafades per algun mariconàs de merda que les explota. I no et fa fàstic? Fer-t'ho amb desconeguts? Això rai, guapo, això rai. A mi l'única cosa que em fot és quan m'insulten. Saps que hi ha homes que vénen amb nosaltres no per fer sexe sinó per poder insultar una dona? Has de fer com si no ho sentissis, però de vegades sents un cruixit, com si haguessis trepitjat un got de plàstic. Aleshores els faig escórrer: només els has de prémer una mica els ous, i no poden evitar-ho. Sense plaer i sense dret a rèplica. Un home, quan s'escorre, ha d agafar forces i ha d'hidratar-se. Sou tous, fets de merenga. Qualsevol dona us pot. Però el mal aquell, com un cruixit, sí que burxa. La resta, psè, mira, tio, pitjor és fregar terres. Però tu no sents res? Que baixes del niu tu o què, ocellet? No em diguis ocellet, no em diguis ocellet, no em diguis ocellet!!!

Quan acabo de treballar m'espera la Fanny. Per dinar sempre, sovint per sopar. Algun cop la trobo a casa. Ha posat ordre a l'apartament. Les coses d'en Jonàs. La seva roba. Els seus papers, que en té[24] sempre pertot arreu. Les fotos. El *fedora*. El seu *fedora* ha perdut les ganes de viure. I la Fanny s'hi esforça i jo m'hi esforço. Tinc les mans grogues i faig ulls de borratxo. Amb prou feines menjo i estic prim i camino encorbat.

24. «Tenia», Àlex, «tenia»...

—Tu, que ets lliure, i que l'estimaves tant i...

—Que sóc lliure? Ai, Àlex, ho he pagat. Els deutes es paguen.

—Com va ser?

—Un dia em vaig morir. Millor: em van matar d'una pallissa.

M'avorriria aquesta història, de tan vista, si no fos la Fanny. I si no fos que jo sí que estic mort. Camino i menjo, però estic mort. La memòria biològica actua per mi. I la meva crossa és aquesta noia que em conta una història tan previsible que fins i tot me la crec. Una noia trapella, amb el pare escàpol i la mare cridaire. Bonica. No vol estudiar i no vol treballar. I un dia un paio li ofereix 20 dòlars per una mamada. I ella, que no sap fer-ho, sí que sap què fer amb els 20 dòlars. Per sort no s'enganxa a res, només al tabac i poc, i una mica a la cervesa. Diu que li fa ois: quina sort tenir un organisme que sap expulsar tot sol els verins que prenem voluntàriament! Rere la primera mamada, l'estrena: 50 dòlars. I després un paio barbut, amb una gavardina que arrossega fins als peus, li diu que si n'hi dóna una part, ja té on viure i on fugir de la mare cridaire. Que bé. Dos anys en un piset, amb altres quatre noies, una de panxuda, l'altra anorèxica i dues de mamelludes. Ella, la princesa. I la volen tots. I un dia s'amaga 100 dòlars als sostenidors. Un altre, 300. És com robar a Hisenda: quan comences ja no saps parar. En Jimmy merdós, cràpula pollós, l'enxampa. La pallissa és greu, però provoca el contrari del penediment: provoca ràbia. La Fanny se sent forta. És bonica. I tendra com un gotim. I ara té totes les habilitats que calen, algunes d'inventades que fan bavejar els clients.[25] Fa dones també, tot i que no li agrada (però és que li agraden, els tios?). En Jimmy la torna a enxampar i aleshores, a la porta del bar New Star, on era amb un possible client, la insulta, li pega. Ningú no s'hi atansa. Al contrari: un silenci de cementiri l'envolta a ella i el seu dolor físic i el seu patiment per si li deixa marques. I aleshores, fora de si, en Jimmy li clava un ganivet al pit i arrenca a córrer. Ara em moriré. No hi ha dret. Tinc vint anys. Mare. Mare, ajuda'm. Ni mare ni policies. Tanca els ulls i s'hi resigna. Morir és fàcil, prodigiosament fàcil: és una riba on no hi ha dolor. Perquè el dolor és espantós. Tot de sobte la cara d'un home que s'inclina, que pregunta coses, i mig morta sent que l'aixequen. Es desperta en un hospital. Als peus del llit hi ha un paio de cabell llarg i ulls blaus que la mira. He dit que ets cosina meva. I que t'ha agredit un borratxo. Per sort portaves la teva targeta d'identificació. Ho he pagat jo, no t'amoïnis. Pots parlar. Ella fa que no. Es troba bé. Aclaparada, atordida, però bé.

En Jonàs la va rescatar. Li va donar diners —a canvi de res, Àlex, a canvi de res, t'ho pots creure?— (i aquí la Fanny moqueja i empastifa de rímel els seus bonics ulls castanys), li va trobar un piset. No la va sermonejar ni la va instar a canviar de vida. La teva vida és teva, ocelleta. Des d'aquell dia, en Jonàs és el seu germà i el seu pare, el seu amic i, si en té ganes, el seu amant.

—I ara ja no hi és.

Resulta que qui està plorant sóc jo. La Fanny m'acaricia els cabells i mussita tu ets la seva herència. No ho su-

25. Que t'ho creguis, noia! En sexe tot està inventat. Pots pujar-hi de peus.

perare mai, Fanny. Jo faig homes perquè no sé fer altra cosa ni tinc ganes d'aprendre'n cap. I ell no em jutjava. Tu em jutjaràs? Em voldràs «redimir», com si fossis un capellà catòlic?

I ens posem a plorar abraçats, indignes i febles, acovardits i atrapats, ratetes esporuguides en un cau del menjador d'una casa on els posen verí a l'abast i bastonades cada cop que treuen el musell del forat. Hi ha qui pega i qui és pegat. Ve de naixença, això.

I jo, què sóc?

Ah, la pregunteta. L'eterna pregunteta. La pregunteta dels il·luminats i dels pansits. Dels pensadors i dels qui es miren obsessivament el melic. Tanmateix un melic és només una cicatriu marcada per unes tisores clements o per una mossegada inclement. (Te'n recordes, quan Brassens fa allò de «*le nombril de la femme d'un agent de police*», i tota la tendresa que sentíem quan érem a mig camí de la pubertat?). Depèn de l'espècie a què pertanyis o de l'estat de butxaca de la mare que et va parir.

Doncs jo sóc el teu professor, Fanny.

No vull un Robin Hood que em rescati. No sóc rescatable, jo.

No, no et vull rescatar, ni et vull ensinistrar.

Per què?

Però sé fer-ho. I també sé aprendre a fer fotos.

Farem un tracte: jo t'ensenyo, o t'ajudo en això de les fotos, i tu fes el que vulguis amb mi. Tinc tot el cervell disponible.

M'agradaria ensenyar-te coses. Llegir, per exemple. Em sentiria millor. Tu no has dit que els deutes es paguen?

Doncs seré la teva alumna. Per on començo?

Anem a la biblioteca i llegiràs primer una obra de teatre: *Un enemic del poble*. Jo t'explicaré qui és Ibsen i xerrarem sobre què hi has vist i què hi veig jo: en igualtat de condicions.

Tu treballes.

Tu també.

La vida és curta, Fanny, però el dia és tan llarg!

Per primera vegada en mesos, esclato a riure. La Fanny m'hi acompanya. Semblem borratxos contant-se acudits verds.

Tanmateix jo sé, dedins dedins, la veritat: no és la gratitud envers en Jonàs. No, no ho és. Ni l'admiració. Ni tampoc estem parlant d'un àngel, sinó d'un home atractiu. La Fanny l'estima, la Fanny l'estima. A la seva manera. A la seva estranya manera. Però en Jonàs és la seva obsessiva resposta quan acluca els ulls i la seva obsessiva imatge quan els obre. En Jonàs és com mirar el mar, quan té la pell fina i hi dringuen minúscules onades lluents i aleshores t'agafa un desig imperiós d'embarcar-te. I en Jonàs és un foc fet amb fustes flairoses, del bosc, però ben seques, que no fumegin, i alguna pinya que esclata i fa olor de molsa i de terra neta i tens ganes d'escalfar-te les mans i les aixeques com quan vols frenar algú que et barra el pas, i sents el plaer de l'escalfor uterina. I en Jonàs és com l'aigua calenta d'una dutxa clement quan estàs brut i cansat i hi aixeques la cara i somrius, sol, al bany, sota el doll guaridor i en tens ganes de més. I en Jonàs és el tacte imaginari d'un vellut espès i profund, de color verd maragda, i tens ganes irrefrenables d'enfonsar els dits en la seva superfície agradable i dolça, com la polpa d'una fruita madura. I en Jonàs és el sabor somiat en una cuina plena d'estrelles que fa olor de qualitat i de precisió i et fa venir fam i les dents s'afilen per mossegar el tros cruixent que olores i que deu ser intens i càlid com un petó d'amor.

Això és el que se sent quan coneixes en Jonàs. Això és el que sent una puta de Nova York, que ell va rescatar. Per què ho va fer? Per bondat? Per compassió? Perquè potser era la foto perfecta? Pel que fa a mi, jo hauria accelerat el pas i me n'hauria allunyat, xiulant desaprensiu i aferrant-me als testicles per no sentir la covardia créixer a la punta del gland.

No, jo no hauria salvat la Fanny. Jo m'he passat la vida rebolcant-me en els meus dolors imaginaris, en les ferides sense cicatritzar que estripo a les nits quan dormo per poder tenir compassió de mi mateix cada dia. Sempre entotsolat, atònit davant els altres, que passen com si fossin eterns estranys a qui cal témer. Donant la culpa als altres, a la mare, al pare, a la meva feblesa genètica, tot i haver-me-la fabricada jo mateix. Com tot bon neuròtic, aferrant-me als altres i apartant-me'n quan em necessiten. Ser neuròtic significa que els altres tenen el deure d'ajudar-te i tu no tens cap deure envers ells. Perquè tu ets el centre neuràlgic del dolor —dolor esquifit, infantil, agegantat entre saliva espessa i mocs grocs— i els altres són la cadira on tu tens dret a seure.

Com els personatges de *L'encarregat*, de Harold Pinter: bojos o astuts, covards i temorencs, bons però no com el bon salvatge, sinó com els bons civilitzats, que agafen una cullereta per remenar el cafè i somriuen al mirall per esbrinar si es nota que tens la dentadura irregular. Contradictoris en una estranya barreja d'estupor, d'egoisme i de patètica solitud.

Per això jo no sóc en Jonàs.

Per això vull ser en Jonàs.

A la Fanny li ha agradat l'enemic del poble, i barrina què vol dir això i què vol dir allò, com quasi tots els espectadors que han tingut la sort de veure la funció ben interpretada i ben dirigida. Ha acabat retuda i m'insulta com un costum nostre, que vol dir que no ens ofenem:

—Bacó de merda, per què em fas llegir això tan enrevessat? Que t'he fet algun mal, jo a tu? Portes la llavor del professor a dintre i has de clavar queixalada en totes les ignoràncies. És despotisme, això teu. Ets un maltractador de dones, ho sents?

Només per alleugerir-la, li faig llegir *Com ser bo*, de Nick Hornby, una de les novel·les més divertides que he llegit mai. I la tia es descollona i me'n llegeix fragments amb la boca oberta i a crits, al bar de casa, i hi ha gent que diu, que no calla mai aquesta meuca?, i ella fa babarotes i diu, que et folli ta mare!, segur que la fas petita, pinxo merdós!, i tot el seu reguitzell.

I ella m'ensenya a mi.

A ser fotògraf.

El curs s'acaba. Els meus alumnes —en Phil, en William, la Li Hang, en Jack, en Harry, la Samantha, en Joseph— han fet un excel·lent paper en la prova d'admissió de la

Universitat; bé, tots no, perquè en Jack Lynch s'ha retirat i ha dit el llatí és un forat de cul i ha preferit l'esbroncada familiar que continuar fent una cosa que detesta. És un tipus insuportable, que té uns parents que són no sé quina cosa i que ell creu que és important de nissaga. Quin infeliç. Així, com un regal: neixes i ja està tot fet: els teus tèrbols avantpassats t'han deixat la feina feta. Per ell farà. El senyor Montague s'ho ha pres malament i fins i tot m'ha reptat: la meva deixadesa les darreres setmanes ha deslluït un resultat que havia de ser lluent com el sol a migdia. Però el pitjor és que m'ha citat Marcial —ell a mi!—: «Els dies que desaprofitem, també ens els compten». I jo m'he acomiadat amb un cop de porta que espero que hagi fet tremolar els ridículs quadres que tenen penjats a la paret, d'una vulgaritat supina, cromos amb una mà de pols que els ha venut algun antiquari espavilat.

Ara tinc temps lliure.

I ara torno a ser un sense papers i qualsevol dia immigració em fotrà dalt d'un avió amb el passaport ficat al cul.

Enmig de Manhattan, a Lexington amb el carrer Cinquanta, hi ha el soroll persistent d'una excavadora, esmorteïda per la distància, i un solet agradable. Sóc al melic del món i en un lloc deliciós i tanmateix estic en perill. Em vénen al cap, com sempre, versos del més gran de tots:

Hi ha una vall de tortuosos recolzes molt adient per a la sorpresa i els paranys d'una guerra, que els flancs d'un bosc, obac per l'espessor del fullatge, serren per tots dos costats, on condueix un gran caminoi obert entre goles angostes i accessos traïdors...

Si ho sabia, Virgili, que estava parlant de Manhattan, *avant la lettre*!

La Fanny m'ha dit que ha tingut una idea, una de molt bona. I que té a veure amb mi i amb la meva miserable il·legalitat, que, creu-me, xato, és la cosa més refotuda del món. En aquest país sempre acaben enxampant-te, malgrat les pel·lícules de lladres victoriosos; bé, excepte els de dalt de tot, els Lehman Brothers i els que tenen més armes a casa que un caçador de búfals. Aquests són intocables. Aquí i a tot arreu. Però si t'arrossegues entre els perdedors, ai, ocellet, i perdona, estàs fotut de debò!

La idea de la Fanny és convertir-me en en Jonàs. Tenim els seus papers, la seva roba, el seu iPad. Fins i tot sabem fer la seva signatura. I ell té[26] passaport. I un ofici.

Ara faig fotos bastant bones, però no prou perquè ningú me les compri. I menys al país més competitiu del món. I amb els millors professionals. I els putos amos de les tendències. Farem una cosa, diu la Fanny, dóna'm alguna cosa per llegir de debò bonica i jo et diré què has de fotografiar perquè hi bavegin els de les agències.

Tracte fet.

Rumio. I trobo una traducció perfecta (això diu a la introducció) d'aquest mag de les paraules que és Jacques Prévert. No li dic que és francès, perquè no li agraden els estrangers. Ho diu perquè les pel·lícules de fora, amb retolets a sota, li semblen una llauna. És contradictòria, la Fanny, la meva Fanny.

26. Tenia! Tenia!

PER FER EL RETRAT D'UN OCELL

Pinta per començar una gàbia
amb una porta oberta,
després pinta
una cosa bonica
una cosa senzilla
una cosa maca
una cosa útil
per a l'ocell.
Recolza després la tela contra un arbre
en un jardí
en un bosc
o en una selva.
Amaga't darrere l'arbre
sense dir res
sense bellugar-te...
De vegades l'ocell arriba aviat
però pot molt bé ser que passin anys i panys
abans no es decideixi.
Tu no et desanimis:
espera
espera si cal durant anys,
que la rapidesa o la lentitud de l'arribada de l'ocell
no té cap relació
amb l'encert del quadre.
Quan l'ocell arribi,
si és que arriba,
guarda el silenci més profund,
espera que l'ocell entri a la gàbia,
i quan hagi entrat
tanca suaument la porta amb el pinzell.
En acabat

esborra l'un rere l'altre tots els barrots
amb compte a no tocar cap de les plomes de l'ocell.
Fes després el retrat de l'arbre
i escull la branca més bonica
per a l'ocell;
pinta també el verd fullam i la frescor del vent,
el polsim del sol
i la fressa de les bestioles de l'herba en la calor de l'estiu,
i després espera que l'ocell es decideixi a cantar.
Si l'ocell no canta
és mal senyal:
senyal que el quadre és dolent;
però si canta és bon senyal:
senyal que pots signar.
Llavors arrenques molt suaument
una de les plomes de l'ocell
i escrius el teu nom en un angle del quadre.

L'èxit del poema ha estat fulminant. De fet, havia pensat en Baudelaire, però temo que no l'entengui. I tinc en cartera Musil i Pessoa. I T. S. Eliot. Tot, tot Eliot.

Una tarda preciosa que faria pena restar a casa —on és la meva pena, miserable amnèsic?— estic abraçat al *fedora* d'en Jonàs, estirat al llit. Sento al fons una cançó de Bob Dylan i tinc els ulls secs. Doncs entra la Fanny i diu, prepara la càmera que veuràs una cosa. I després faràs la millor foto del món. Es despulla sencera. Té un cos bonic i la meva meitat masculina batega i ella em diu renta't la cara i no em miris com un home sinó com un fotògraf.

—Però Fanny, dona! Fotos de dones despullades n'hi ha més que estrelletes hi ha al cel o que granets de sorra té la platja...!

—Calla, burro. Encén el mòbil de manera que la llum quedi rere de mi i vés girant-me i girant-te fins que trobis el punt perfecte. Com ho feia ell.

La Fanny m'ensenya el seu cony, amb pelets mal afaitats, com una corol·la. Miro com un fotògraf. Encenc el mòbil i començo a giravoltar. Hi ha un punt, sí, hi és. No l'esplendorosa transparència de Corbet, sinó l'enigmàtica ombra d'una vulva jove, amb els llavis tancats i petits pèls que tremolen a davant de la llum. El punt hi és. Sé que hi és.

Ella no es cansa i això que, en acabat, és de nit. El punt exacte hi és, a davant dels meus ulls de fotògraf, i l'he trobat: és la ratlla lluminosa i trèmula de la vulva i el bonyet rosat de l'anus fent de contrapunt. Jo no ho he vist fotografiat. Sé que és màgia. Que és una imatge pura i perfecta com el vol d'un albatros.[27] Em sento tan bé que m'esclata el pit, com si hagués recuperat una decència que mai no havia tingut. Com si de debò fos en Jonàs.

La mirem llargs i silenciosos minuts a la pantalla de l'iPad i ens fem petons i carícies. L'endemà la tenim en paper, 40 × 60, i la seva màgia travessa l'aparell i la cartolina. És una foto bonica. I jo he après alguna cosa que no estava morta ni s'abaltia en fileres de llibres en una biblioteca particular o pública.

A partir d'aquesta foto, que és més que un trofeu, més que un talismà, més que un conjur, comença la meva transformació.

27. Souvent, pour s'amuser, les hommes d'équipage / prennent des albatros, vastes oiseaux des mers, / qui suivent, indolents compagnons de voyage, / le navire glissant sur les gouffres amers.

La Fanny em porta a una perruqueria on un xicot de color escolta greument les seves explicacions i m'interroga mudament, ara i adés. Deu preguntar-se quina mena de relació és aquesta en què ella parla sobre els meus cabells i jo callo. Conclou, pel que sembla, que jo pateixo alguna discapacitat perquè tot el temps m'anomena Forrest, preciós, fes això o posa't així.

El cas és que m'ha crescut molt el cabell. El meu cabell rinxolat i castany em fa cara de salvatge, tan llarg i descurat. Però en Petrus, que és el nom del perruquer, vés a saber per què, m'hi aplica una i mil coses. Deu ser caríssim però la Fanny diu un cop i un altre per la pasta no t'amoïnis. D'això, me n'encarrego jo. A més, en Petrus em deu mil favors. Si té més clients meus que no d'ell!

El resultat és espectacular: ara tinc els cabells llisos, lleugerament ondulats i rossos, però no un ros uniforme com el de les nines de plàstic, sinó una cabellera igual igualeta que la d'en Jonàs.

La Fanny em mira críticament i a la fi diu:

—Deixa't una mica la barba. Només perquè punxi. I aplica't això.

Em dóna una ampolleta mentre en Petrus fa que sí. És tint, és clar, a joc amb els cabells.

—No t'amoïnis per la pell, xato —diu en Petrus—: això que et dono, de franc, eh?, perquè és un obsequi de la casa, eh que m'entens?, doncs això és mà d'àngel, saps, Forrest, guapo?

Al carrer diu la Fanny que té pressa, que està perdent feina per culpa meva i que un altre dia ens ocuparem dels ulls.

Dels ulls? Ai, mare!

Estem ressuscitant-lo. Ella i jo i pas a pas. Enduts per la nostàlgia o per l'estranya buidor que ens ha deixat. Criatures desolades obrint-se pas amb les mans nues i la pell llatzerada. Jo sóc el maniquí on la Fanny va penjant els fragments d'en Jonàs, però alhora en sóc còmplice, com si cometéssim un atemptat terrorista. De moment sóc un delinqüent que ha usurpat la personalitat d'un altre.

He vist en un vell videoclub que ara es dedica a jocs d'ordinador —arcade, aventura, de rol...—, i mig amagada en un prestatge, una vella pel·lícula absolutament adorable: *La gran seducció*.[28] La puc llogar tot i que em miren estranyats. Està en VHS i no sé què fer-ne. Però, al bar, en Wilfred em diu que la vella té un antic reproductor i unes quantes pel·lícules antigues. Si vols, pregunta-li a la Janet si el podeu usar.

El dormitori de la senyora Grilli és cursi i atrotinat i en el fons és com un recer, com allò que els britànics anomenen *snug*. La Fanny i jo seiem als peus de l'ample i endomassat llit i comprovem astorats que l'aparell funciona. És un viatge a la inversa, cap enfora, o cap endins. És com veure un colom que, aletejant, va retrocedint suspès a l'aire. La pel·lícula és divertida i la Fanny riu i em fa algun petó a la galta. Jo la sostinc per la cintura i sento l'estranya i profunda harmonia que la uneix a en Jonàs. Quan la pel·lícula acaba la hi regalem, a la Janet, que diu ja sabeu, quan vulgueu.

28. *La grande séduction*, dirigida pel genial Jean-François Pouliot (2003).

Al televisor del bar veiem en Jimmy Fallon. Crec que tot Nova York l'està mirant. En Fallon és, quaranta anys després, el *Tonigth Show*, a la planta 30 del Rockefeller Center. Ella i jo ens aturem un moment a mirar-ho, i sentim l'adhesió dels clients aferrats a la seva cervesa i balancejant-se sobre les potes de darrere de les cadires. Ja veus, una escena típicament americana, segons els cànons. Estic segur que en Jonàs n'hauria tret partit. Però no m'atreveixo a dir-ho, perquè la Fanny està massa obsessionada. De fet, *La gran seducció* era un intent de treure-la d'aquesta follia, de la qual, ai, las!, jo també formo part.

Els ulls no eren res: només un òptic que em posa lentilles de color blau verd. Me n'emprova unes quantes fins que la Fanny diu aquestes. He aprofitat per graduar-me la vista i m'adono amb horror que els meus estalvis tornen a estar a zero. I què? Tinc una foto magnífica i les adreces correctes i les portes on picar. El mirall de la cambra de bany em sobresalta: ja sóc en Jonàs, de fet.

Demà mateix he d'intentar vendre la foto dels genitals de la Fanny. De moment, soparé al bar, on, si no vull, no pago. Avantatges de ser client antic.

Entro i vaig cap a la meva taula. Quan en Ben s'acosta em diu:

—Et porto la carn de la Maria? Avui està estupenda. I ei, tu, Jonàs, per què no ens partim un *brownie* quan acabis?

I és que ja sóc en Jonàs.

Els infants i els bojos sempre diuen la veritat.

I sempre s'equivoquen.

Em presento a Amazing Press, l'agència per a qui solia treballar en Jonàs. Ningú no detecta la meva superxeria, si és que ho és, perquè ja no sé on començo jo i acaba ell. La noia de recepció es diu Helen —hi ha un retolet que ho indica— i em saluda arrufant la boca. Continua mirant la pantalla del seu ordinador i jo em repenjo al taulell rere el qual seu ella i un paio que està d'esquena, que porta pantalons de xandall i té un cul enorme, i tanmateix per darrere sembla jove. La Helen també és jove. Rossa i previsible, com la majoria de noies. Al cap d'una estona aixeca els ulls i em mira, un pèl perplexa, però no gaire: no sóc tan interessant.

—Què et passa?

—Porto una foto.

—Creus que a mi m'interessa, la teva foto?

—No ho sé. Vols veure-la?

—Jonàs, guapo: les fotos són antiquades. Ja no en fa ningú. *Selfies* sí, però només per divertir-se, i els pocs fotògrafs de guerra que queden al món. La resta les fan els bandarres del *National Geographic*, que són els putos amos.

—Per què treballes en una agència de fotos, si no hi creus?

Fa un riure d'aquells aspirats que denoten incredulitat i menyspreu, tot a la vegada. Sé que estic fora de lloc. I aquesta Helen no ho sap.

—Escolta, tio, per què no fots el camp?

Així doncs, em giro i vaig cap a la porta de vidre i ella de seguida fa:

—Un moment, tio, no te'n vagis que encara em fotrien bronca. Vés al refotut despatx d'en Norton, a veure si ell vol veure la teva maleïda foto.

Afortunadament, assenyala amb el braç un passadís. En aquell moment el paio del xandall es gira a veure què passa a recepció. Quantes feines avorrides que hi ha al món! Ja veus, la meva pregrunteta a la Helen! Que per què hi treballa si no hi creu. Creu el paleta en els maons? Bé, segur que sí, perquè els pot tocar. Creu el professor de secundària en el futur dels seus alumnes? Creu la secretària que el seu cap la respecta i que la seva feina és determinant? Creu la minyona que netejar la brutícia dels altres la fa més bona persona?

Segueixo el passadís, amb el *fedora* ficat al cap —em va una mica balder, sort dels cabells llargs. Tanmateix penso posar-li un cel·lo o alguna cosa que estrenyi, quan fa vent és incòmode, el meu barret—. Hi ha portes i hi ha gent que va aquí i allà, un que surt d'un despatx saluda efusivament un xicot que porta una carpeta a les mans[29] i tot seguit xiuxiuegen secrets. No ho saben, aquests, que els secrets s'han acabat? Que per fi ha arribat el Gran Germà i que ho sent i ho veu tot? Pel nostre propi bé, ja se sap, perquè som criatures que no saben regir-se i necessitem que ens agafin de la maneta.

Guaita, aquí diu Norton Chandler. Hi pico i em diuen que passi.

El suposadament anomenat Norton porta una samarreta del Capità Amèrica i va amb mitjons. Porta la bragueta oberta —suposo que per un descuit— i em diu:

—Bandarra. Cony de Jonàs. Què fots tant de temps sense venir a veure'm? Encara vius en aquell pis merdós del carrer Trenta-quatre? A veure què m'has portat.

29. Encara existeixen, les carpetes?

Jo balbucejo, no, no, que és el Vint-i-quatre, però ell ja no m'escolta. Sec a la cadira sense braços que hi ha en un cantó de la taula, plena de papers i de pantalles.

—Porto això.

La hi dono en paper. Em consta que fa molt més efecte.

En Norton la contempla, s'arrepapa bé al seu seient i gairebé li veig el penis, perquè seu amb les cames molt separades i els replecs dels pantalons obren més la seva bragueta. Estic temptat de dir-li-ho, però em fa mandra. De sobte em fa mandra estar aquí. Em fa mandra sentir els ruflets de dubte del tal Norton. Em sento humiliat. Els professors tenim el defecte que parlem des d'una tarima, que, per modesta que sigui, sempre és una peanya on has de ser escoltat.

Me la torna i fa un gest amb les espatlles i el coll.

—Tio, mira, la foto està bé, però els conys ja no interessen. Se n'han vist massa. I el contrallum és massa forçat. Es veu que el que fa la foto no se l'ha treta del barret com els mags, sinó que l'ha suada. No m'interessa. Tens res més per a mi?

Jo m'aixeco, saludo amb una mà i enfilo el passadís cap a la sortida.

—Adéu, Helen.

—Adéu —diu d'esma, i tot seguit—: Què et passa a la veu, tio?

Però jo ja sóc fora.

M'aturo en un cafè confiteria i hi demano un te amb llimona i una *cupcake*. No serveixo ni per a falsificador. Em reca l'esforç que ha fet la Fanny. És una noia estupenda i jo un aprenent cregut que va directament del parvulari dels fotògrafs a la línia de sortida dels professionals. La *cupcake* és massa dolça i el te massa calent. Potser contrasta amb l'amargor dels meus pensaments. I aleshores penso. Molta estona, mirant el líquid ja fred del te, esclarissat per la llimona. La foto no ha sortit de mi. Ha estat adobada per la Fanny. Ella n'és la cuinera i jo només he premut el disparador.

De mi ha de sortir una foto. He de creure-hi. La llum. Que digui coses. Que et capgiri el cervell. Que et capti la mirada. No s'hi val, disparar a les puces amb canons. Un cony? Sí, té raó el tal Norton: ja no es porten. No són tendència. Les criatures també estan passades de moda. Penso i penso.

Quan m'aixeco recordo que necessito diners i vaig a la següent adreça. És la de *Redline*, una revista que m'avergonyiria de llegir. Em reben bé; un afroamericà em fot un petó als llavis i em diu però què bo que estàs, rei, Jonàs, i un home gras em diu a veure i fa, ho veieu com aquest cap de suro sap el que es fa? El taló que em dóna és espectacular. El cony de la meva Fanny té un preu. I l'he cobrat jo. Sóc un merdós xuloputes. Tinc polls corrent-me per la meva imitació de cara de Jonàs i la saliva espessa com una lleterada.

Arribo a casa arrossegant els peus. Tinc ganes de plorar i de dormir, per aquest ordre. Però em passa a l'inrevés: m'adormo i l'endemà el meu coixí encara és moll. Potser és saliva. O vòmit. O vés a saber què transpira el meu cos derrotat.

Conta'm una cosa lluminosa, això, Àlex. Una de lluminosa.

Vols llum? Jo tinc llum, Jonàs. I sé com encendre-la i desfer el mar de tenebres en què s'ha transformat la meva vida desarrelada, que s'ha desprès del vaixell i sura en el mar com una deixalla infecta.

Tard, trobo la Fanny i li dic n'he tret això. No vol acceptar-ne la meitat, però em faig el dur i a la fi s'hi avé; tanmateix em nego a dir-li quina mena de revista l'ha comprada.

—Farem una cosa, bonica: llegiràs un poema. Només un. I l'aprendràs de memòria. I me'l recitaràs. Anirem a Central Park, seurem en un banquet d'aquells romàntics, i tu, sense mirar el llibre, me'l recitaràs. Serà la nostra cosa lluminosa d'aquest dia.

—Tinc gana, daixò, Àlex.

—Jonàs, ocelleta, em dic Jonàs.

I tanmateix, quan estic sol, i he acabat la neteja i he doblegat la roba que he rentat i he llegit el diari, m'assalta com un llamp un record antic. D'abans de ser jo. D'abans de perdre la identitat. És tan bell que caic agenollat i sec sobre els talons, trasbalsat.

No volies un poema de memòria? Doncs vet aquí el més bonic que mai no s'ha escrit. I jo me'l sé molt bé. L'havia recitat milers de vegades. Sol o acompanyat. Quan jo era jo. Un jo que encara viu en alguna banda que no sé identificar. Però existeix. I dic:

Com que no menjo per la fam que tinc
com que no calmo la gran set que tinc,
com que no sé de canviar el meu crit
en mena de vianda,
pateixo de gana i de set i clamo retorçant-me.

Tremolo, fosc, de les arrels a les fulles
i m'omplo d'enyorança turmentada
i em perdo molt endintre del gran bosc
ple de barrancs
i sóc el gall salvatge:
m'exalto de nit quan les estrelles vacil·len,
amb ronca veu anuncio l'aurora,
tapant-me els ulls, tapant-me el crit amb les ales,
i m'estarrufo collinflat i danso,
tot i saber que em guaiten els ulls del caçador.[30]

Després, sadollat i estranyament feliç, com un bebè quan ha mamat a gust i fa el rotet, m'hi aplico, sobre el poema, i intento traduir-lo a l'anglès. Ni tan sols miro d'esbrinar si ja hi ha alguna traducció,[31] perquè la que val és la meva. Miro de rescabalar el ritme, fullejo amb ànsia el diccionari, acluco els ulls, sento la música, l'estranya, roent, rasposa música que desprèn el poema, com carn nutrient que giravolta sobre el foc, i trobo una paraula i una altra. Com diríeu en anglès «collinflat»? Em torturo i m'hi estic un temps enorme, la gana adormida pel fervor, la set ha fugit com un ratolí espantat i la bufeta aguanta amb educada obstinació. És de matinada quan acabo. El llegeixo i sento el crit a la gola. Me n'he sortit. Tot sol. Ara sóc jo a més de ser en Jonàs. Demà seré en Jonàs només.

Freturo per trobar la Fanny, per llegir-l'hi. Com és que quan fem alguna cosa de què estem satisfets necessitem que algú ho admiri? Com és que la pena és solitària i

30. Ah, el gran Vinyoli!

31. Recordes un americà a Barcelona que traduïa coses així? O ell es dedicava només a Estellés? Es diu Sam Abrams, i sap un munt de coses.

privada i la satisfacció ha de ser per força pública, o almenys compartida? Com és que no hi ha pudor per cridar això ho he fet jo i sí per dir la pena m'esgarrapa l'ànima com un gat estripa la funda del coixí?

Un diumenge de primavera a Nova York és un regal sobtat. Quant temps fa que hi sóc? No me'n recordo. La cita amb la Fanny, que s'ha fet escàpola tot ahir i tot abans-d'ahir, roman incòlume. És aplicada, té el minúscul llibre a les mans[32] i el llegeix movent els llavis. Però la meva impaciència s'abraona sobre la seva aplicació i li dic escolta, escolta, escolta.

Li recito el poema, que ara, a la llum cristal·lina i alegre del dia a Central Park, amb gossos educats que passen i senyores grasses corrent amb xandall de color de rosa, no és tan perfecte com la nit aquella en què m'hi vaig submergir i vaig arribar a tocar les molles incertes del seu mecanisme fàustic. Tot i els grinyols de la meva traducció, és un gran poema, amb l'únic inconvenient de la meva malaptesa.

Ella em mira, esbatanats els ulls: un homenatge, crec. Però està astorada, no admirada.

—Reiet, però si s'assembla tant! Que ho has escrit tu? Potser sense voler ho has imitat.

—De què collons parles, tòtila?

—Si m'insultes sense gràcia, jo...

—Tu, què? Tu em dius coses feridores a cada moment.

—Què et passa, guapo? T'has trastocat del tot?

Quedem muts, tots dos. Ella em mira i jo abaixo la vista. Tinc les mans premudes sobre el paper on anava

32. *Ash-Wednesday* i *Ariel Poems*.

escrita la meva meravellosa traducció, que no ha resultat lluminosa. Aleshores diposita la seva mà petita i morena sobre les meves mans nerviüdes i m'acaricia.

—Àlex, perdona'm. T'insulto de broma, i mai de forma feridora, i el teu «tòtila» ha estat una escopinada. Sé que hi has posat esforç, a fer això, però de debò que...

Hi ha un silenci.

—Perdona tu, Fanny. Què anaves a dir?

—Mira, escolta això.

Sense mirar el llibre, recita:

Com que no espero tornar mai més
com que no espero
com que no espero tornar
a desitjar els dons d'aquest i les oportunitats
d'aquell altre
ja no m'empenyo en l'afany de tals coses
(per què la vella àliga hauria d'estendre les ales?)
per què lamentar
el poder esvanit del reialme habitual?

Com que no espero no espero conèixer mai
la insegura glòria de l'hora positiva...

La faig callar. Sí: hi ha paral·lelisme, però no és tan fàcil. Els conceptes són uns altres.

—Ho sento, bonic, rei, nin: el teu poema també és molt bonic. I no és tan enrevessat com aquest que m'has fet aprendre de memòria.

Aleshores tombo el cap sobre la seva falda, perquè aquí tot està permès i ella m'acaricia el cabell i el front i sento que sí que són lluminosos, al capdavall, una traducció torta i un dimecres de cendra ple de remordiments.

La meva Fanny.

I tanmateix, ara que les coses rutllen, i que tinc qui em faci companyia i qui s'endinsi en el meu cap trastocat i el meu cor devorat pels cucs del dolor, i com que sóc tenaç i em transformo no sols canviant de pell com les serps sinó girant les rodetes que fan que tu siguis tu... No crec en la *tabula rasa*, és clar, però sí que crec que hi ha tantes combinacions genètiques i tants aprenentatges similars però diferents... És a dir que hi ha, doncs, individus. O és la societat que és concreta i l'individu, una abstracció? No era Durkheim qui ho deia, això? Aquell clarivident jueu, agnòstic i tímid, que creia en la ciència i que va morir de dolor per la mort del seu fill? Fa tant de temps, molt més que les dècades que me'n separen —abismes i abismes d'experiències, de ponts travessats en la foscor, de pèrdues irremissibles i de xipollejar en el viscós llim de la merda pròpia i aliena—, en fa tant, de temps, que el llegia, que procuro oblidar tot allò una mica cada dia. Eliot i la Fanny, seriosa, recitant-lo. Jo entotsolat en un poema bellíssim i demostrant que sóc un infeliç amb l'urc de la saviesa estúpida dels llibres. Una tarda a Central Park, repenjat a la falda d'una noia bonica, fet un infant que té dret a la tendresa que mai més mai més mai més et donarà ningú. Potser et desitjaran, potser t'admiraran, potser et faran riure en una borratxera d'acudits verds, però la tendresa, biològica i atàvica, és a les mamelles de les mares —llevat de la meva i d'uns quants milions de mares eixorques—

i als ulls protectors de les femelles que tenen el son tranquil.

La foto que em dec. Que li dec a ell. És a dir: a mi.

I passo pel carrer i miro, entrelluco cares, alguna cosa insòlita, que a hores d'ara, amb milers, milions de telèfons disparant fotos han perdut la seva gràcia de ser una troballa. Sé que és aquí fora. Els meus ulls tenen un color fals, però la mirada és atenta. La llum és perfecta al capvespre. Disparo aquí i allà. Passejo amb la Fanny. N'hi parlo, ella em recita més Eliot (segur que no ho entén, pel to de veu que hi posa),[33] i jo li dic, nena, serviries per a actriu i ella em dóna un baticul ple d'afecte i de complicitat.

I tanmateix no ens desitgem.

Som germans.

Compartim una aventura estranya. Som Matrix.

O senzillament, retem homenatge a un mort.

La foto.

On és?

Calypso ne pouvait se consoler du départ d'Ulysse. El fràgil Telèmac va a cercar son pare. Perquè és la seva arrel o perquè els pretendents s'estan menjant la hisenda?

Un altre record que em travessa, submergit en l'aigua amniòtica del meu renaixement en el cervell d'un altre, però que és meu. O d'aquell altre. Jo ja no existeixo. Potser no he existit mai. I un altre flaix: la «música callada»,[34] quina bella troballa! I encara les «*unpainted pictures*» que

33. I jo? Ho entenc, jo?

34. Això és de Mompou, no?

va fer Nolde d'amagat, quan va esdevenir un artista degenerat als ulls dels grans degenerats de la història, i pintava a les golfes, a cegues. Pintures no pintades. Els processos de la memòria són imprevisibles i erràtics.

Sóc a Lexington, badant entre la gent i entomant un aire càlid com un petó, i aleshores el veig. La veig. És això el que buscava. Només havia d'obrir els ulls i mirar com un fotògraf.

És un noi, més o menys de la meva edat. Porta una samarreta de ratlles i texans, tot i que va amb sabates de cuir. Duu al cap un mocador de coloraines, lligant-li el perímetre del front. Té una barba curteta i els cabells semblen també ben curts, malgrat el mocador que el tapa. I tanmateix, el vent aixeca la breu aleta del mocador i veig que li manca una orella. Hi té una cicatriu irregular i antiga. El veig per darrere i veig la foto. Li tusto l'espatlla:

—Em deixes que et faci una foto?

—Per què?

—Perquè sí.

—No —i fa un gest amb l'espatlla com per espolsar-se'm, dibuixant una circumferència amb el colze.

Camina de pressa i jo quasi corro, a darrere.

—Ei, tu, que et pagaré!

S'atura i es gira a mirar-me. Em calibra a poc a poc. Massa gran per ser estudiant i massa net per ser un captaire.

—Quant?

—Què?

—Que quanta pasta em donaràs per la foto!

—Deu dòlars.

—Vint.

—Quinze.

—Fet.

Li explico que la foto ha de ser per darrere i que m'interessa que giri una mica el cap, com quan li he tustat l'espatlla. Fa que sí i allarga la mà. Li amollo quinze dòlars, tement que arrenqui a córrer.

La càmera m'ho ensenya, com si tingués ànima i cervell propis, jo només miro per l'objectiu i em fueteja la cara l'enorme melangia, l'obscena injustícia d'aquella cicatriu cargolada i neta.

—Ja està?

—Sí.

—Escolta, tio, si em parles de Van Gogh et trenco la cara, ho has entès?

—No se m'havia acudit. T'ho diuen sovint?

—Com que ningú no sap res de res, la gent més primària té notícia de Van Gogh per les pel·lis i per l'orella. Imbècils. O el paio del crit. Samarretes i samarretes i la gent fent veure que saben de què parlen. El món és ple de cretins.

—Saps que Beethoven és més famós per la seva sordesa que per les seves simfonies?

—I aquell tipus, l'Snowden, més famós per robar secrets que pel seu talent informàtic?

—Que el bombin, l'Snowden. I l'Assange.

—Vols que prenguem un cafè i xerrem?

—Pagues tu?

—Sí.

S'ho pensa i fa que no amb el cap i comença a caminar. Al cap d'uns metres i quan ja giro cua, em crida:

—Eh, tio: què en faràs, de la meva foto?

—No pateixis, que no se't reconeix.

—D'acord.

I tot de sobte es posa a ploure, amb aquella intensitat elèctrica i urgent de la pluja de Nova York.

A casa la miro per tots els costats. La calibro. Sento que em batega furiós el cor, com quan tens un examen o com quan el metge et diu que t'ha de practicar la fimosi.

Aquesta és meva. No és de la Fanny, tot i que em sento roí de pensar això (jo no sé res de la vida d'ella, oi?). La imprimeixo en paper, la toco, l'oloro. És una foto viva. És íntima i dolorosa, és la pèrdua del teu berenar perquè te l'ha pispat el xuleta del col·le. I alhora és aquella carícia que excita i desapareix. Txas, txas. S'obre i es tanca. És la bellesa golafre de l'abella a dins la corol·la de la flor i la vella cridant al cel en un bombardeig, i l'assassinat de monsenyor Romero a El Salvador, i també un somriure amistós en una estació de tren i el perfil daurat d'en Jonàs, i la mà arrugada per l'aigua d'un infant espantat.

Aleshores escorcollo les adreces de l'iPad d'en Jonàs. Aquí, a casa, sempre o quasi sempre tenim Wi-Fi. Tot i que ell anava sovint al cibercafè, perquè hi tenen uns aparells magnífics, que ja s'han fet vells. El temps en informàtica no té res a veure amb l'espai i el temps de Newton. Hi ha una adreça electrònica i un mòbil, però només hi ha dues inicials: HP, com els cavalls de vapor que estudiava en els rovellats llibres de física de la meva infància (si en fa, de temps, pobre Àlex-Jonàs!).

Hi truco, una mica inquiet. M'havia contat massa poques coses, en Jonàs. I ara que sóc ell, tinc llacunes de memòria, com els malalts d'Alzheimer.

—Hola?

—Sóc jo, en Jonàs.

—Ah. M'agafes a punt de sortir. Faig tard.

—Tinc una cosa.

—Una foto com la darrera, la de la sabata de dona?

—Millor.

—Ja saps que jo pago poc.

—Ho sé.

—A veure: la pots portar... avui és dimarts, dimecres no, dijous? A les cinc?

—On?

Silenci.

—Ets en Jonàs, oi?

—Qui, si no?

—Al meu despatx de la Columbia, com sempre.

Fa un llarg sospir i penja.

La universitat de Columbia em resulta un laberint i trobo tot de persones que em barren el pas. Jo només tinc unes inicials, però ho he buscat i suposo que es tracta de Henry Penrose, seguit d'unes inicials que volen dir doctor en alguna cosa. Una alumna tímida i amable és a la fi qui m'informa. El doctor Penrose és professor de literatura nord-americana i té el despatx a l'ala D, cinquena planta, rere la biblioteca.

Tot i la vaguetat de la descripció, no em costa de trobar. A Internet no hi havia cap foto i no he gosat preguntar a l'estudiant tímida quin aspecte té el professor de literatura nord-americana.

Hi ha una porta amb el seu nom i quan hi tusto, oh meravella, sento que em diuen que entri. Hi ha un home jove, calb, en mànigues de camisa i amb els peus, descalços, sobre una pila de llibres. Hi ha una finestra enorme per on entra una claror excessiva, però el professor que llegeix uns papers només somriu. Quan aixeca la vista diu:

—Ah, ets tu?

Sembla desil·lusionat.

No hi ha cap cadira on seure, així doncs em mig assec a l'escriptori, motiu pel qual una tasseta de cafè amagada vibra i m'amenaça amb un vessament lamentable. Seria patètic. Sóc patètic, com diuen els nois joves.

Em torna a mirar.

—De debò no vas quedar escarmentat de la darrera vegada?

—A què et refereixes?

—Al preu. Vas fer uns crits que quasi vénen els de seguretat, i pots pujar-hi de peus que, aquests, no gasten compliments.

—No m'importa el preu.

—Ara ets ric?

—No. Vols veure la foto?

Hi ha un silenci llarg i aleshores m'adono que estic pressuposant massa coses. Potser aquest paio no té res a veure amb les fotos. Potser trafica amb drogues. O amb persones. Però en Jonàs no estaria embolicat en res lleig. Ell estava fet per ser estimat.[35]

Tant és, no? Així doncs, trec la foto. La tinc en paper brillant i és estupenda. La hi poso a davant del paper que llegeix.

Hi ha un silenci més llarg encara.

—Ets bo, grandíssim fill de puta. A *Zone o* es tornaran bojos. És... deixa'm trobar les paraules. Ja saps la meva teoria, no? Si una foto no es pot descriure no és una bona foto. Als meus estudiants els provoca calor a les galtes i

35. Què? Ja se t'ha oblidat l'alcoholisme?

ganes de bufetejar-me. I tanmateix és la pura realitat. La paraula. La paraula. Aquesta és la clau. El Verb. L'origen de tot. Com era, allò? Ah, sí! Un concepte que no pot ser dit en paraules no és un bon concepte.

Més silenci. Ja no estic incòmode.

—Diria que és commovedora, però l'adjectiu és pobra. És una imatge de la felicitat estroncada. És un cop de puny a l'estómac. Recordes allò, com anava? Una cosa com que els blancs bons cerquen negres pobres. És dir, mira, hi ha hospitals i hi ha avenços de cine. Però hi ha un paio jove que es passeja per Nova York sense orella. Fills de la prosperitat: sou els grans fills de puta del món. Llenceu menjar i doneu almoines. Teniu la millor policia del món per mantenir l'ordre i la justícia més lenta que depèn del preu de l'advocat. Teniu els millors pintors i els millors escriptors, però tots pinten o escriuen sobre el dolor o sobre l'humor, que són dues cares de la mateixa moneda, perquè... T'avorreixo, Jonàs?

Faig que no.

A la nit sopo amb la Fanny i li ho conto tot. M'increpa i diu que vol veure la foto de seguida, cabró de merda, i jo la hi ensenyo. Es posa les mans a la boca i diu:

—Ai, fillet, no saps com t'estimo! Sabia que ho aconseguiries. És això el que buscaves, oi? Té, preciós.

I com si fos un nen, en comptes d'un petó em premia amb un caramel de menta. Després té pressa i em deixa sol i jo busco el recer de la Janet, però avui està ocupadíssima (fuig, fuig, que cremo!).

Quan estic estirat al llit, en la penombra, feliç com un col·legial que ha tret un excel·lent, pica la Janet a la porta i quan obre —ella tota sola, sense esperar la meva resposta— fa:

—Quant de temps fa que no tens sexe?

—Reina, el teu home és a baix.

—I què? Repassa factures. Tu has estudiat mai un home repassant factures? Crec que les factures tenen el poder de xuclar els homes. Són hipnòtiques. Senzillament desapareix.

No estic segur de voler sexe.

—La darrera vegada no et va agradar. Però sé trucs. Sospiraràs de plaer, deixa'm fer.

—Primer et vull ensenyar una foto.

La mira i diu:

—Qui és el paio sense orella? Van Gogh?

Jo salvo el meu sexe afamat de la seva envestida. Avui, Janet, no m'agrades. Ho dic mentalment, això. Se'n va sense enfadar-se. I murmura que té un aparell que li ho fa millor que cap home. Feliç ella. A mi la masturbació em deixa només abaltit.

La selecta revista universitària *Zone o* publica en portada la meva foto. I tot seguit un parell de revistes em telefonen untuoses i tenen unes sobtades ganes de conèixer-me.

Sóc un tio collonut, eh que sí?

V

N. Y.

Plou sobre Manhattan.

Blanament i persistent.

Penso com en Jonàs. Sento com ell. Sóc quasi idèntic (tot i la tortura d'anar periòdicament al perruquer), faig la seva olor, habito en la seva casa, tinc els seus amics, treballo com ell, vesteixo la seva roba (tot i que començo a renovar-la, sense trencar l'inexistent estil). Respiro com ell. Menjo com ell.

No bec, però. La Fanny em vigila com el matemàtic mira la seva pissarra plena d'algoritmes. Sóc en Jonàs sense beure. Sense la mort rondant-me pel cervell i la passió irrefrenable pel verí.

No arribo, però, a la seva altura com a fotògraf.

—Passes un mal moment, no et torturis, Jonàs —em dic en veu alta.

M'han rebutjat algunes fotos, fins i tot les revistetes amb què es guanyava la vida el meu dissortat amic. Jo. Una era una nena plorant, perquè havia caigut de la bicicleta. Què t'has pensat, tros d'imbècil? Que no saps que no es poden fer fotos a les criatures? És que baixes de l'hort o què? I m'han rebutjat una mà repenjada en un arbre que a mi em fascina, però que diuen que és massa tòpica. Massa poètica, m'entens, Jonàs? Són coses de donetes lànguides i bledes. I encara m'han rebutjat un contorsionista que es doblegava cap endarrere fins que el cap li penjava a tocar del cul. Era en ple carrer, i era ell qui s'exhibia. Però ets un ximple de collons: que tens l'autorització del pallasso aquest? I un grafiti immens que deia: «Hi ha vida abans de la mort». Però tu no llegeixes els diaris? Ara fa més d'un any, més d'un any!, que tothom anava ple d'aquesta collonada, vius a la lluna, cony de borratxo.

I en canvi algunes me les han comprades: una era un anell caigut en una bassa bruta de neu fosa. Podia ser un muntatge, no? Però els va agradar. A mi, no gaire. I venc força bé un petó de dos homes uniformats (uniformes d'algun país alliè, això sí), que em van firmar un paper de conformitat. L'article que acompanyava la foto era vomitiu, però jo només sóc el fotògraf. I m'han admès un captaire remenant en una pila de runa; hi surt disparat un animaló que, un cop ampliat, era un ratolí. L'home està d'esquena: cap problema legal.[36] L'única pega és que no hi ha cap senyal que això sigui Nova York. La propera vegada, dic, plantaré la bandera americana al cul del captaire. També publico, mal pagada però ben situada, una foto de cinc prostitutes, amb màscara (les va fer la Janet i en Ben hi va contribuir amb els seus llapis de cera, amb què encara juga), posades com al famós quadre de Picasso. L'efecte era irresistible: hi surava una carnalitat, un homenatge, una alegria que al geni li hauria agradat, n'estic segur.

I així passen els dies.

36. Això és de la pel·lícula *L'espiavides* (*The Public Eye*), amb el genial Joe Pesci.

Només que la memòria és persistent i m'assalta, de vegades amb escenes tan nítides com uns ulls de criatura després de plorar. Són com aquella capsa on s'amaga un pallasso i que surt disparat si hi toques una melodia, amb la maneta giratòria: *Jack in the box*, es diu. De vegades són situacions. S'entortolliguen, s'estiren els uns als altres, empenyen la capsa soldada on els tenia desats i rebenten la tapa i apareixen burletes. De vegades, com podia imaginar-m'ho, són records lluminosos, com els que li agradaven a en Jonàs.

Hi ha un gelat, i unes mans apegaloses que aguanten àvides el con i una llengua que llepa, i de sobte, la catàstrofe: la semiesfera de maduixa cau sobre el meu jersei de llana i quan sóc a punt d'arreplegar-la, perquè no s'escoli a terra, s'estavella i sento les llàgrimes de la decepció arran de coll. Potser tenia quatre anys. I ve la mare i no em renya, sinó que em consola i em compra un altre gelat. Això m'ha passat a mi. Potser de petit, quan ets fràgil com una alada figureta de vidre, els adults senten la necessitat de protegir-te. És biologia. No era a mi a qui compraven un nou gelat i eixugaven llàgrimes que no arribaren a rodolar: era a l'infant. El petit.[37]

O potser l'eixutesa de la mare va començar quan jo vaig deixar de ser una joguina tendra i càlida i vaig mirar i vaig parlar i vaig perfilar allò que en diuen personalitat. Tanmateix, la meva germana Maia opinava el mateix. Li posava motius com ara paldescombra o burra-seca i li feia descarats llengots quan es girava. Jo no: li tenia por. I més

37. L'Àlex no és el petit. La gran és la Maia; el segon és ell, i el tercer és en Carles, però quan va passar això del gelat encara no havia nascut en Carles i, per tant, ell tenia el dubtós privilegi de ser el petit.

encara a la Maia, que em menyspreava, em feia posar els seus vestits de nena, m'escarnia amb les amigues i em delatava si m'havia fet pipí o si m'havia saltat la raspallada de dents obligatòria. He plorat més per la germana que per la mare. El pare em pegava però no em feia plorar.

La infància és una matèria apegalosa i lacerant, com el pus, perquè ets feble i els febles costen poc de trepitjar. Ho saben totes les botes del món, siguin militars o civils. Després ens la inventem, la infància, quan els pares són febles i inofensius i sentim tendresa per nosaltres mateixos i els nostres terrors nocturns i la fugida cap endintre on no caben ni els amics.

Vam pensar que, en néixer en Carles, les coses canviarien, però en Carles tampoc no els va agradar. Era clar que no volien la paternitat ni la maternitat i que el seu ritual antic els hi obligava. Ni tan sols puc arribar a imaginar que fóssim fruit de la passió, i que no sabien o no podien evitar reproduir-se. Ells no s'estimaven. Ara sé que dues persones poden desitjar-se i no estimar-se, però aleshores ho trobava inconcebible.

Arran d'adolescència va aterrar el meu cosí Eduard a casa. Tenia un any més que jo i un menys que la Maia, però era decidit, alegre i no s'encongia. Els va robar el cor de seguida. Era fill de l'única germana del meu pare, la meva tieta Encarna, que vivia a València. La tieta era vídua i segons sembla era rica. Mai no vam saber per què va enviar el seu fill Eduard amb nosaltres. De segur que els pares ho sabien, però ni ell ens ho va explicar mai ni nosaltres ho vam preguntar.

La seva arribada va portar alegria a la casa. Era espavilat, es mofava de nosaltres, i dialogava amb deixadesa amb el pare i li contava acudits picardiosos a la mare. I ells s'hi complaïen. Per què ell sí, i els seus propis fills no?

Durant uns anys vaig mantenir la teoria que, com que s'odiaven, es castigaven mútuament fent mal als fills. Error: ni això mortificava la mare ni molt menys el pare. Però l'Eduard va aportar moltes novetats. Els reis eren compartits. I les festes esdevenien festes de debò, amb serpentines enganxades al sostre i cadenetes de paper pertot arreu. I fèiem costellades i venia gent que no coneixíem. Va ser una època d'enrenou.

Jo secretament admirava i temia l'Eduard. A soles em mortificava com tots els altres, perquè en Carles va resultar un petit tirà (i què vols, imitava els grans, com fan tots els nens del món). Els càstigs que m'infligia el pare eren públics, i la humiliació era seguida de les mofes secretes.

Jo era bo? No: no és el mateix ser la víctima que ser bona persona. Alguns, enduts per la compassió, ho confonen.

Sóc al ferri, com aleshores. Una pell de plàtan navega breument sobre l'aigua, però m'he d'arrecerar perquè la pluja persisteix. On sóc jo? On és l'Àlex, si és que sóc en Jonàs? He vingut a fer el turista només per a això, per retrobar-lo a ell o per retrobar-me a mi?

I, sí, hi és: és un xicot morè, acompanyat d'una mossa que es pinta els llavis en un mirallet minúscul; té una enorme pitrera que ella mateixa ressalta, tal com els agraden les dones als camioners, als paletes i als agents de policia. Ell llegeix un llibre que m'és familiar. Crec que és de Julià de Jòdar.[38] Quina llàstima que vagi acompanyat d'una

38. Sí, en efecte. Es tracta d'*El desertor en el camp de batalla*. Això

persona tan vulgar; semblava que aquest era el *meu* Àlex. Però hi ha sort: la rossa s'aixeca i se'n va, amb els seus pits i els seus llavis excessius, i jo m'hi atanso i sec al seu costat.

—Hi ha mil llocs millors a Nova York per a un turista.

—Sí, segur. Només fa dos dies que hi sóc. Però, home, això d'ara s'ha de fer. És de manual. I no em diguis que tu hi vas per feina.

Aleshores colpejo alegrement la meva càmera i ell somriu. Té una boca atractiva, saborosa. I no té cap dent d'or. Tot al contrari; té unes dents blanques i arrenglerades que de segur que saben mossegar: deliciosament higièniques.

—Vols que et digui què penso? —fa—. Que de l'estàtua se n'han fet massa fotos i que no crec que hi vagis per feina.

En aquell moment ens adonem que, sense pensar-hi, ens hem parlat en català, donant per fet que l'altre ens entendria. Les rialles són sonores i un matrimoni vell acompanyat per una noia bonica i tímida es giren discretament a mirar-nos.

—Què hi fas, aquí?

—He guanyat una pasta i he vingut a gastar-me-la.

—És la primera vegada?

Somriu i em mira amb picardia:

—De venir a Nova York, sí.

—Jo sóc fotògraf; ah, i em dic Jonàs. I tu?

—No, jo no.

Noves rialles. Es veu que això de lligar segons com és fàcil, sobretot si portes la pell d'en Jonàs a sobre i tu t'amagues rere la disfressa.

és fonamental per entendre per què se li adreça en català en un ferri de Nova York...

—Saps què sóc? Com tothom: informàtic. I he venut una coseta que si tens paciència te l'explicaré. És com tocar-te la loteria.

—Bé, vendre una foto també és una ruleta.

—Però qui fa fotos avui? Tothom armat de mòbils, què pots veure tu que els altres no hagin vist també?

Això em recorda una foto que em van acceptar molt bé, a l'agència (ja quasi no vaig a les revistes: ho fa l'agència i m'estalvio humiliacions i confusions): era un cap d'estàtua, segurament el *David*, que surava sobre el Hudson, una mica esbiaixat; segur que era de cartró o de porexpan i vés a saber d'on procedia. Em va sortir rodona. I me la van acceptar encantats. Però l'endemà la xarxa n'anava plena i la foto, pagada i tot, no es va publicar mai. Em sento com una hurí de l'harem que es treu el vel de la cara i resulta més o menys com totes les altres noies amb qui conviu: el misteri és sempre una tapadora. O un refugi.

—Vols que sopem junts? Convido jo.

—Convides perquè tens pasta?

—És clar! Per què, si no? Però hem d'anar a The Four Seasons...

—Bufa!

—Què? Massa turístic?

—No, no, és car i elegant i t'encantarà. Però jo et podria recomanar almenys deu llocs millors.

—Deixa-ho anar: digue'n un.

—Un? Per què no ho provem a Sunrise Mart? De fet és un supermercat, oriental...

—Eecs...

—Tot és deliciós.

—Vull una cosa decadent i cara.

—Doncs ho tinc: el Jungsik. Té unes garotes que diu el *New York Times* que són les millors del món, amb permís de Palafrugell. Quedaràs impactat de per vida. Ah, i pot ser que ensopeguem alguna celebritat.

—Quantes vegades hi has anat?

—Cap ni una! Per qui em prens? Per un ricatxo com tu? Només és que tinc les antenes posades.

—Ets extraterrestre o ets un friqui?

—Sóc un impostor.

El sopar va ser un èxit i el restaurant era tan luxós i refinat com m'havien dit. En Marc —perquè es diu Marc, no sé si ja ho havia dit— està meravellat. I m'ha fregat el genoll contra la cuixa un parell de cops. Quan vegi ma casa es desmaiarà. O potser em portarà al seu hotel. És evident que, com que ha pagat el sopar, ara té uns drets sobre mi. Mai abans havia sigut dona. I de moment, m'agrada.

Ara som en un bar, decorat de blau fosc —fins i tot els llums són blaus—, i sona una musiqueta prescindible. Ell pren whisky (amb gel!) i jo un suc de móra, massa dolç, que és l'especialitat de l'establiment. El bàrman, com és inevitable, neteja vasos i està embolcallat en un davantal verd.

—Quan era petit, sis o set anys, vaig fer, per al col·le, una cria de cucs de seda. Saps què vull dir, no? Has d'anar a darrere de la mare perquè t'aconsegueixi fulles de morera. Al pati del col·le n'hi havia una, i ben frondosa, de morera, i per por que fos espoliada per l'avidesa dels marrecs estava prohibit tocar-la. Els meus cucs eren petits, i vivien en una capsa de sabates amb foradets fets amb la punta de les tisores, per respirar. Menjaven amb avidesa, fent forats circulars a la morera, i cagaven de valent. Jo, cada dia, en tornar del colle, agafava la capsa —que estava desada a dalt de la nevera i em tocava enfilar-me en una cadira—, i els mirava una estona. Estava content quan els portava morera fresca, perquè els veia animats, fent les seves mossegades rodones i geomètriques. Un dia vaig obrir la capsa i una munió de formigues s'estaven menjant els meus cucs. Encara bellugaven, alguns partits per la meitat. La lletjor militar de les formigues me les va fer avorridores per sempre més. Vaig llançar tot el contingut de la capsa al vàter i vaig estirar la cadena. No vaig plorar, però em vaig capficar en les aventures de Superman, obsessivament, i l'imitava davant del mirall.

En Marc és tan diferent de mi! Malgrat la seva història de patiments infantils. Però fins i tot aquests són a causa d'un fet real, físic. No és que no sigui culte. Llegeix coses i li agrada el cinema; la música pop i les pomes ensucrades. I el que més li agrada de tot —diu— és follar.

—I una altra cosa: que guanyi el Barça!

—Però tu ets d'aquests que s'emocionen amb un partit de futbol?

—Sí!!

—I que diuen «hem guanyat» des del sofà de casa?

—I tant que «hem guanyat», quan guanyen! No sé on veus la contradicció...

—I ara em parlaràs de l'èpica del futbol i de les lluites representatives, i el camp d'herba com un camp de batalla incruent —o quasi— on es dirimeixen les passions humanes, acompanyades sempre, és clar, de diners?

—No, no: jo et parlaré de l'immens plaer de tenir raó, de sentir-te superior als imbècils que no són del Barça, de saber que hi ha un equip que es barallarà per tu...

—A preu d'or...

—I què? Mira els cotxes que passen, mira els hotelassos de la ciutat, mira les joies, i després a veure si tens pebrots de parlar-me de la fam a l'Àfrica.

—Però, Àlex, ocellet, es pot lluitar contra les injustícies!

—Em petaré de riure. Vols que ho posem en una pancarta i que desfilem per la Cinquena Avinguda amb cara de ser bones persones? Pren nota: primer: em dic Marc, no Àlex; segon, si t'agraden les aus, em dius ocellot, no ocellet (detesto les mariconades: jo sóc homosexual, no maricó, entens?), i tercer, qui és ara el babau, l'innocent ciutadà que s'exalta quan els seus guanyen o el càndid voltairià que creu que les injustícies tenen remei?

—Així doncs, apa, tots submergits en el caos.

—No, guapo, no: un ordre civilitzat, unes lleis coercitives, i així no ens matarem els uns als altres i fins i tot tindrem temps per inventar un ball nou, la combustió sense energia o un petó excitant que t'extermini l'ànima.

—Ets un reaccionari.

—No, no. Vull el progrés. Vull que em curin el fetge amb una impressora en tres dimensions i que hi hagi de debò una vacuna contra la sida, vull menjar verdures sanes i carn saborosa i salubre. Vull hospitals on, només posar-hi els peus, tota la ciència s'aboqui a mi i les meves malures, siguin reals o imaginàries. I vull telèfons que em facin petons, i cotxes sense rodes. Sí.

—I vols la teva ració de benestar. I això val pasta.

—Una vergonya, sí, senyor fotògraf. Una vergonya que tu i jo estiguem amb el cul assegut al cim del món mentre allà baix uns immigrants remenen escombraries i més enllà uns ciutadans que han nascut al costat equivocat de les fronteres se la juguen per arribar a Espanya. A Espanya, tio!

—Però...

—Calla ja, mira que ets pedant. No t'ofenguis, però fas com els lloros, repetint consignes. A mi unes formigues no em devoraran. No, senyor.

En Marc prem les dents i mira lluny. S'ha exaltat amb el seu discurs. Si ell ho sabia. Si ell ho sabia, què faria jo per tenir el seu cinisme i la seva determinació.

—A casa meva?

—Tens casa?

—He llogat un apartament. Al carrer Cinquanta amb la Vuitena.

—Bufa!

—És petit, i la decoració, una mica vulgar. Però no hi ha escarabats. I tinc un televisor més gran que una pantalla de cinema de barri.

En Marc és suau i apassionat. Follar amb ell és com emprendre una aventura on no saps què t'espera. No és en Jonàs. Ningú no és en Jonàs. Ni tan sols jo, que hi poso tant d'afany, sóc en Jonàs. Però té la pell llustrosa i el múscul fort. Jo corro, llargues curses al costat del Hudson, per prescripció de la Fanny, i estic força més prim que abans, però no tinc aquest múscul tibat i flexible que només fan els gimnasos. En Marc no hi falta mai, al seu. I és cínic de debò. Escoltar-lo és una medecina. És refrescant. Sé que s'ha enganxat a mi perquè li venia bé, però no hi posa secrecions sentimentals, que sempre entorpeixen el sexe, tan noble, lliure i espontani com hauria de ser abans que les religions, totes les del món, se'n possessionessin i el fessin miques. La reproducció els té fascinats, i el sexe els té estupefactes. I, tanmateix, hi ha res més innocent que dues persones adultes donant-se plaer?

Coses com aquesta, en les meves neuròtiques giragonses mentals i el meu esnobisme atàvic, em vénen d'en Marc. M'allibera de la culpa. La culpa! Quan algú te la clava al plexe solar vas tota la vida coix i sues greix salat i plores aigua salada i pixes àcid úric salat i escups gargalls salats. En Marc és dolç i la culpa és salada.

El seu cinisme és profund i vital i sa, molt sa. Gaudeix de la vida i no fa escarafalls estúpids. De vegades abusa de la beguda, com tothom —excepte jo, que encara estic consternat i colpit—: és tan encantador quan va gat! Tanmateix, l'apassiona l'esport, fins i tot s'ha interessat per la Super Bowl i l'he vist discutir amb desconeguts als bars que freqüenta. Que freqüentem.

Li he presentat la Fanny i ha estat cortès i distant i després m'ha preguntat si és la meva nòvia.

—Nòvia?

—Sí, home. Jo també sóc bisexual.

—No: és una germana.

—Mira que ets entortolligat! Aquesta hispana no és família teva.

—No és hispana!

—És puta, oi?

—Sí, senyor liberal: passa alguna cosa?

—Veus? Jo ho trobo degradant.

—Però si tu no tens consciència.

—A veure si ho entens, Jonàs: jo no crec en les ideologies, però sé que hi ha coses ben fetes i mal fetes...

—Kant.

—Què?

—Res, res.

—No sóc partidari de ningú, però hi ha gent que em cau bé. Detesto la política. La democràcia és un romanço, i ja sé que em diràs que millor això que una dictadura africana.

—O europea. Hi tenim la mà trencada.

—Mira, tio: jo sóc bona persona. Aproximadament. No vull ser famós, ni pretenc tenir la raó, i no vull passar per culte i refinat. La bona taula m'encanta, però per assaborir-la, no per pregonar-la, comprens?

Un dia m'acompanya a fer fotos. En fem un munt, encara que l'enganyo i li dic quina bona idea i sé que això no val res. I en un moment determinat veig una sabata de dona penjada d'un fil de la llum i m'ensorro, arrenco a córrer i el deixo amb un pam de nas. M'allito i ploro, ploro i vomito i tinc febre i el cel gira i sento la desventura a dins del pit i al bell mig del ventre. L'endemà ell no em pregunta res. Sí: en Marc és un company perfecte. Refrescant i divertit. Frívol també.

—Ets un hipster?

—No! Massa sofisticat. Sóc guapot però vulgar; llest, però no intel·ligent; hedonista, en diries tu. Dormir bé. Menjar bé. Cagar bé. Cardar bé. Estar sa. Tenir temps. Poder córrer sense sufocar-te. Poder parlar sense ser un pedant o un lloro vulgar que repeteix consignes, com això que diuen: «Hi ha crisi de valors». Veges tu: des d'Adam i Eva que hi ha crisi de valors! O els joves no tenen vocabulari.

—En tenen?

—I és clar que sí: el que necessiten. Tothom té el vocabulari que necessita. No cal ser lingüista per saber una cosa tan evident com aquesta.

—Escolta: tu, exactament, a què et dediques?

—Diuen que no ho sé explicar però ho intentaré. Saps què són els ELOG?

—No.

—Bé: hi ha evidències electròniques que es troben emmagatzemades... Bé, són dades digitals. Em dedico a recol·lectar-ne. I he descobert un suport on se les detecta. M'explico?

—Gens ni mica.

I aleshores riu amb el seu riure gutural i em fa un petó al mig del carrer.

M'encanta estar amb ell.

A en Marc li agrada la televisió. Els anuncis i tot. Li plauen sobretot els concursos i els explica amb la seva frescor de mascle jove i musculós. De vegades em fa riure tant que muntem un bon espectacle als carrers de Manhattan. Jo li ensenyo la ciutat i la descobreixo jo mateix. El porto a la Cinquena Avinguda amb el carrer Cinquanta-tres, on hi ha un brollador i unes tauletes on prendre cafè, i el caminoi on corren joves i no tan joves a totes les hores, amb les orelles taponades per la música rítmica, des del carrer Setanta-dos fins a Battery Park, i un raconet que m'encanta a Central Park a l'altura del carrer Cent deu Est. Li agraden els cafès, els bars de moda, les botigues de luxe —tot i que no hi compra mai res: el vestuari que usa és convencional però li escau—, els clubs de jazz —més per l'ambient que per la música.

Un dia em diu anem a sopar amb la teva Fanny, i jo, agraït, li telefono i em diu, rei, cor del meu cor, les nits són feina, no podria ser per dinar?, però insisteixo i anem al Pylos, un restaurant grec amb una decoració tan grega que faria plorar si no ens poséssim a riure. La Fanny està meravellada de la meva alegria, de les bromes i, com que és llesta, tot i les reticències d'en Marc, se'l fica a la butxaca en un moment. La Fanny li explica que aquell mateix dia ha vist uns turistes, o pitjor, uns nacionals d'allà Connecticut o encara pitjor, que menjaven una hamburguesa amb forquilla.

—Que no ho saben, que una hamburguesa només es pot menjar a dins del panet? Que no tenen escoles, allà a l'oest?

En Marc li pregunta de sobte que per què es puta, així amb la paraula exacta, com qui escup, però amb una rialleta de conill, com les criatures quan diuen la gran paraulota, i ella li pregunta si hi té cap objecció. Acaben amics i fins i tot es fan petons a la boca. En Marc alegra la vida també de la Fanny.

—Tens ganes de marxar, de tornar a casa teva?

—Nooo! Però quan sigui l'hora, me n'aniré i llestos. Jo detesto els lligams. És que som plantes, sempre pendents d'arrels i de bestieses d'aquestes?

—I quan serà l'hora? Consultes l'horòscop?

És aleshores quan ell li fa un petó rialler a la boca i ella sembla complaguda. Mai havia estat tan bonica, la Fanny. Tot i que sento un xic de gelosia. Volia compartir el meu caramel perquè em diguessin quin caramel més bo que tens, però el que fan és prendre'm el caramel.

—Quan se m'acabin els diners, és clar. Aleshores tornaré. A fer-ne més.

En Marc explica que el seu pare, que és electricista, però d'aquells que tenen negoci propi i envia els operaris a fer la feina, tot i que no és ric, no us penseu això mai... I la meva mare és mestra de parvulari. Li encanten les criatures. Crec que sempre m'ha retret, amb el pensament, que quedés massa baldada pel meu embaràs i no pogués tenir més criatures. Bé, doncs jo de petit volia un gos. El volia més que tenir avis i que tenir amics. El volia més que el meu amic invisible i les calcetes blaves de la Sandra, una companya molt puteta, i no t'ofenguis, reina, fins i tot el volia més que la meva play, que era meva-meva-meva i no me'n separava ni per dormir. I un dia un empleat del pare, en Rafa, que estava a punt de jubilar-se i tot era llepades de gos cap al pare, per no sé quins papers que aquest havia de firmar per tenir una jubilació gloriosa (això era quan jo era petit, abans de la crisi, no sé si ho recordeu, però hi havia confort i ens inventàvem neures, perquè la felicitat no ens escau), va portar un gatet. Sabia que el pare no posaria objeccions a un gatet, ja que les molèsties del gos, el gat no les té, i jo, xiquet com era, també me n'enamoraria. Era negret i tenia una pota blanca. Era preciós. Li vaig posar Ali Kan, el nom del suposat pare d'*El guerrero del antifaz*, que era la meva lectura secreta més cobejada, senyor, i quines coses que fem quan som petits i càndids... De grans en fem encara més, perquè ens ha crescut la candidesa, i s'ha fet desconfiada, ho veieu?, i perdona, noia, que ja m'assemblo a aquest, sempre traient punta filosòfica a tot. Quina mandra. Doncs el gatet estava una mica esporuguit, i un dia, el meu pare llegia el diari i la brillantor de les ulleres o el que sigui va fer que li saltés a la cara. El pare ens va cridar a la mare i a mi i va dir el que havia passat, i tot seguit va obrir la porta i va fer fora el gat. Jo no era un ploramiques, però recordo que fins i tot em vaig agenollar a davant del pare, perquè el pobre gatet morirà al carrer, però va ser inflexible. Era un bon home, però va tenir l'excusa, que sempre he pensat que era inventada, per desfer-se d'una bestiola que no li agradava. Vaig ser tan desgraciat que vaig començar a masturbar-me amb autèntica fúria; tant, que em vaig fer mal al gland, amb sang i tot, i a casa va haver-hi un gran rebombori. Puff! Tot és apegalós, quan ets petit.

Aquesta frase, no l'havia dita ja?

Un altre dia, tot de sobte, em diu, Jonàs, per què no em fas una foto a mi? Una d'escandalosa, que venguis bé. Vull que em convidis al teatre, o a l'òpera. No ho saps, que m'encanta l'òpera?

—Com, d'escandalosa?

—No sóc un adonis, però si em despullo del tot, guanyo. I els teus compradors fliparan.

El cas és que en Marc no havia pujat mai a ma casa. A mi em feia vergonya. Però ell volia fer la foto de seguida i jo tenia la càmera a casa. No tenia excuses per evitar-ho.

I tanmateix, va ser estupend. Estupend i colpidor, perquè al meu llit hi havia la senyora Grilli, dormint i roncant, i ell va fer la cara d'estupefacció que devia haver fet jo quan vaig pujar a aquella casa com a Àlex. Vaig entrar-hi de puntetes, deixant en Marc a la porta, tot estranyat, vaig agafar la càmera, que era sobre la taula, i vaig tancar la porta amb cura.

L'explicació va ser llarga i, com m'havia passat a mi, no s'ho va creure. De mica en mica li vaig anar contant la meva estranya relació amb aquella estranya família.

Quan per fi ho va metabolitzar, em va dir, deixa aquesta merda, tio. Aquesta família no és teva.

—Però m'han donat suport quan els he necessitat.

—No et cobren un lloguer? I això que una vella es fiqui al teu llit! No sé com no et mors de fàstic!

—Però, tio, quan passa, canvio els llençols. Ja saps que jo sóc molt d'això, de la higiene.

—De moment et quedes aquí amb mi, al meu apartament, i mirarem si trobem alguna cosa que et puguis pagar, i no aquell cau de rates amb aquella gent que no m'agrada gens.

—Però si no els coneixes!

—I la imaginació? És que no hi creus, en la imaginació? Mira quin fotògraf estàs fet tu!

A casa seva el seu striptease va ser espectacular. Jo no l'havia mirat mai amb tanta llum i tan objectivament. L'havia tocat i llepat, penetrat i xuclat, però no l'havia «vist». Tenia un cos preciós, i sabia posar, sense fer mariconades, sinó molt molt sexi.

Li vaig fer no una foto, sinó un munt. I l'endemà les vaig revelar en paper per estudiar-les totes juntes, en mida gran. N'hi havia tres que eren especials de debò. Hi havia picardia i també innocència; hi havia ombres oportunes, i lluentors magnífiques. Em recordava una mica el son que va filmar David Beckham i que va assolir categoria d'obra d'art. El rastre de l'animalitat, que surt del cau i es deixa veure, i la corpulència i la fragilitat mesclades, tal com un cérvol retallat contra el cel, amb les banyes fortes i el musell feble.

No sols les vaig vendre sinó que les vaig vendre molt bé. En Marc va haver de venir amb mi a firmar uns papers, i ell somreia i deia aquí també? i signava. No t'hauries d'assessorar? I ara! Que volen fer publicitat? Per mi... Si m'ho paguen, és clar. Que volen incloure'm en una pel·li porno? Doncs mira, un plaer. Però, home... Deixa't de romanços, Jonàs! El meu cos és meu i m'encanta exhibir-lo. I a sobre paguen. No sóc un adult? I el cos no és meu? Eé, ara, tècnicament, és d'ells. Psè.

El tracte era anar a l'òpera. Com li havia promès. Vam anar al Metropolitan i vaig pagar dues magnífiques localitats de platea, a un preu escandalós. Després vam anar a un Starbucks a meditar com podríem celebrar-ho: volíem un sopar d'upa.

L'obra que representaven era *Salomé*. Em va sorprendre que en Marc conegués perfectament la diferència entre Johann Strauss i Richard Strauss.[39] Allà assegut, bufant els nostres cafès massa calents, en Marc em va dir:

—Hem tingut molta sort, perquè aquesta òpera em fascina.

—No sé què dir, la veritat. No és una òpera massa popular.

—No et tallis, carallot: un tio com jo no pot tenir bon gust? Et sorprèn que jo també tingui racons refinats? Et consideres superior a mi, Jonàs?

—No, no. És que em pensava que passaves de tot.

—De l'òpera no, tros d'ase! I aquesta és sinistra. Molt sinistra. I inquietant. Em fascina per això. Saps què va explicar Roger Alier a Catalunya Música?

—Com vols que ho sàpiga? Això és aquí, no allà...

39. El director de *Salomé*, de Richard Strauss, era Scott Bergeson, i Salomé era Karita Mattila, de qui la crítica deia que era insuperable en la dansa dels set vels.

—Doncs va explicar que Salomé, quan visita el presoner Joan, el que serà sant Joan Baptista, saps?, doncs allà empresonat, el desitja. I ell s'hi nega. Ella només vol un petó. Està obsessionada pels llavis del presoner, però no pot aconseguir-lo. Llavors balla allò dels set vels perquè Herodes, el rei, i l'amant de la seva mare, no pugui negar-li res, i quan això s'esdevé, ella a l'acte demana el cap de Joan...

—Com a revenja?

—No! Això és precisament el que em fascina: vol el petó, i com que no el pot obtenir de l'home viu, vol besar els llavis morts del cap de Joan.

—De debò?

—T'imagines? Per mi és el cim de la perversió sexual. Fer-s'ho amb animals o amb objectes, fins i tot amb cadàvers, encara. Però voler el cap pel petó... Aquella cosa encara calenta regalimant sang... És malaltís.

Vam romandre en silenci.

—Saps què m'ha vingut al cap quan has dit «regalimant sang»?

—Tens un dedins complicat. Passo d'endevinalles.

—Mira que ets esquerp, quan vols!

—Hem fet quartos amb el meu cos: ara puc ser com em doni la gana.

—Quins fums!

—Si vols, digues-li fums. Vinga, va, tio, què t'ha vingut al cap?

—Uns versos celebèrrims de Lorca. Segurament del seu poema més conegut, traduït i recitat en dotzenes de llengües,[40] i tanmateix...

40. Es refereix a «Verde que te quiero verde».

—Què passa? No t'agrada Lorca?

—M'agrada *Poeta en Nueva York* i alguna peça de teatre, però no tot allò del *Romancero* de què s'ha fet tant de soroll. Bé, doncs hi ha un moment que dos homes pugen una muntanya, no te'n recordes?: «Ya suben los dos compadres hacia las altas barandas...». Bé, doncs, va i el poeta fa: «dejando un rastro de sangre, dejando un rastro de lágrimas».

—Sí, ho he sentit, crec que ho sé de memòria i tot.

—Tothom ho sap de memòria! El món sencer! A Espanya hi havia una guerra civil i el món plorava, sense intervenir-hi, eh? I la mala consciència i la mort tràgica del poeta en van fer un símbol intocable.

—I?

—Doncs que no pot ser: que la sang sí que deixa rastre, si raja prou, però com pot haver-hi un rastre de llàgrimes? No existeix aquesta imatge!

—Devien ser kleenexs.

—Doncs devia ser un rastre de mocs.

—Mira que de vegades ets vulgar, bonic, tan estupend que et veus a tu mateix!

Em va deixar tan atuït, això que jo em veig estupend a mi mateix, que vaig callar. Després va venir la tria del restaurant. Rere acalorades discussions, ens vam decantar pel Buvette, a Grove Street. Jo només en sabia que el púding de poma era cèlebre arreu. Cuina francesa. I molt bona. Hi havia gent bohèmia i de moda, hipsters, és clar, però ni ell ni jo vam reconèixer ningú.

—Tu creus, Jonàs, que quan difonguin la meva foto em pararan pel carrer i em demanaran autògrafs?

—Espero que sí. I espero fervorosament que això passi quan jo no hi sigui present.

—Què passa? Ets tímid?

—Sóc el fotògraf, no el model: jo m'amago rere la càmera.

—Tota una filosofia, collons. Sí: tu ets el que s'amaga. La pregunta és: per què s'amaga el que s'amaga?

Vam anar, doncs, a veure *Salomé*, que jo amb prou feines coneixia, excepte la dansa dels vels. La vaig trobar tètrica, a prop de Wagner i de Mozart, encara que sembli una contradicció; la veu de la cantant era excessiva (encara recordo el CD amb la versió de Montserrat Caballé, molt més amorosida). De mica en mica, però, el que era repulsió esdevé quelcom atractiu, com aquell nen que, fascinat, observa els seus propis excrements i no pot evitar d'exhibir-los, amb orgull, als grans: la seva primera obra. Em sento reflectit d'una manera morbosa: jo desitjaria els llavis d'en Jonàs mort i tot. En silenci, ploro en la foscor del teatre[41] i em mortifico, una activitat que m'és tan familiar.

L'obra és escarida, fosca, violenta. I, sobretot, en l'auster muntatge, hi sura una cosa blava i tremolosa, freda i angoixant: el rastre èpic de la desesperació.

El pis que ha llogat en Marc, i on ara quasi visc del tot, és al carrer Cinquanta a l'altura de la Vuitena Avinguda. És pràctic i còmode; a l'entrada de l'edifici hi regna un afroamericà amb una jaqueta vermella amb galons. Hi ha una cambra de bany gran i lluminosa i un dormitori que està prou bé. A les parets només hi ha estampes japoneses, amb la seva vulgaritat còsmica. Sé que tenen magnífics pintors,

41. El millor lloc del món per plorar, després del cinema.

i que la cultura està molt ben protegida, però la imatge tòpica del Japó roman incòlume. Es repeteix a si mateix com si volguessin que el tòpic fos la memòria col·lectiva.

Sens dubte hi vivia una noia. En una calaixera llarga, que ocupa tota una paret del dormitori, la propietària (o llogatera o el que sigui) hi havia posat una mena de cable elèctric lligat amb forrellats, perquè no n'hi obrissin cap. A sobre del moble hi ha un parell de nines i una capsa buida que fa olor de tabac. La cuina és estupenda i hi fem la majoria dels àpats. I, encara, té una sala, força gran. El lloguer que paga en Marc (el relloguer, s'hauria de dir) és alt però no escandalós, i, de moment, és per a tres mesos, que sona com un termini a punt d'expirar. Ell creu que l'hi renovaran, el lloguer, però em penso que aquesta mena de tractes són il·legals aquí a Nova York, i que potser ella és fora i aprofita per fer-se uns diners i tenir qui li cuidi la casa.

En Marc està ben instal·lat i s'hi sent a gust. Fins i tot ve una noia a netejar la casa cada dissabte. Ni se n'ha de preocupar: en George, l'afroamericà corpulent que fa de porter i d'uixer, puja i li obre la porta. La cuina té tots els estris, totes les coses per funcionar bé. A mi m'agrada guisar per als dos, però ell prefereix ficar el nas en llocs com més cars millor. Em pregunto com s'ho farà quan se li acabin els diners, perquè un s'hi acostuma; és fàcil tirar de butxaca. I de sobte, et trobes que has de comptar bitllets i fer càlculs... Té molta confiança en la seva feina i està segur que mai no li mancarà de res. Si ell sabia la quantitat de vida que m'ha aportat! No tenim sentiments profunds, d'aquells engavanyadors, però ens ho passem bé junts, i jo he tornat a riure i a mirar aquí i allà cercant fotos. Ni tan sols penso en els clàssics.[42] Aquesta és una pàgina que m'he esforçat a girar. Sóc un gos que vivia a la gossera municipal i ara ha entrat a formar part d'una família on potser els infants són una mica massa apegalosos però en la qual comença a sentir-se a gust. No ho resistiria, si em feia fora. Sóc un gos.

I tanmateix, aquesta nova pell, aquesta indiferència, aquestes eventuals rialles, es veu que no em pertocaven. Les tinc en préstec, però les he de tornar.

Estic amb la Fanny. Callats i sorruts. M'ha dit de tot i encara té les venes del coll inflades, i li tremolen les mans amb què aguanta la forquilla amb què menja els seus espaguetis. M'ha preguntat per en Marc, i tot de sobte m'ha tirat al damunt la meva absoluta insensibilitat.

—On ets, Àlex? Què t'han fet? Què t'has fet? Ara ets un tio superficial, que riu i tot? Creus que de debò has canviat de personalitat? No em facis riure! Ets a quilòmetres d'en Jonàs! Ell era únic i tu has esdevingut vulgar. I aquest Marc, que sí, és simpàtic, però que no veus, estúpid, que no és res de res? Un passatemps.

—No sé per què estàs tan furiosa. El meu fracàs t'hauria d'entristir, no enfurismar.

—El teu fracàs? Tant de bo fossis un fracassat. Què passa amb mi, eh, tros de merda? M'estaves educant. Llegíem junts. Estàvem units i jo et donava força. I ara coneixes un estúpid que no val un ral, això sí, està bo i té quartos, i et comportes com una prostituta. Tu ets la puta, no jo.

42. Uf, si en fa temps, d'això!

—Fanny, em sap greu si...

—No t'atreveixis a engalipar-me. Quan tu hi vas jo ja en torno. Ho entens, imbècil?

El cel és gris avui i l'aire fa una olor enxubada. Imagino animals de dibuixos animats, tan simpàtics i humans, corrent per aquests carrers i parant-se davant d'aparadors i olorant les parades de fruita. No em dóna la gana d'analitzar-me. No vull tornar a estar enroscat com un cuc sobre una vànova xopa de llàgrimes (encara que no deixin rastre, quan camines) ni mirar al fons de mi mateix, mort de vergonya i de fracàs. No vull patir. La Fanny em vol com era abans. Abans d'en Marc. Però és això el que vol o és que té gelosia? Que ja no li pertanyo com abans? Quan va començar, aquesta dependència? I per què continuo essent en Jonàs?

—Saps, Fanny, no t'ho prenguis malament perquè no va per tu, sinó en general. He canviat en moltes coses, tu ho saps millor que ningú, i la més important és que ja no m'importa què pensen els altres de mi; ara el que m'importa és el que penso jo dels altres.

La Fanny em mira seriosa i em posa l'índex sobre el front, com aquell que acusa i assenyala (el meu Colom, el de l'Àlex, assenyala amb el dit el Mediterrani, és a dir, Ítaca), i diu:

—Les teves contradiccions... Sí, sí, no protestis, continues essent un gat escaldat. De vegades em fas pena, d'altres tendresa, però ara et tinc ràbia. I si això no t'importa, pitjor per a tu.

—Fem una cosa: que la família, tota la família, prepari un bon àpat i jo porto en Marc. I després em dieu si no és la persona més refrescant, encantadora i...

—Ho muntaré. I pagues tu, és clar. Però el resultat serà dolorós per a tu, ja ho veuràs.

En Marc s'agafa amb recel el convit. No li agraden les reunions familiars en general, i no li agrada la «meva» família en particular, tot i que amb prou feines els coneix. El bar el troba sinistre i pobre, ells, tots ells, mancats del més mínim interès, i la meva dependència per ells, malaltissa.

Però a la fi s'hi avé. En Marc és de les persones que prefereix no tenir complicacions, i això vol dir que ha de cedir algunes vegades. Tot i que penso que, si hi insisteixo massa, em deixarà plantat. I ara per ara això no estic segur de poder-ho resistir.

És Acció de Gràcies, una excusa perfecta per fer un àpat plegats, i la Janet ha confeccionat un gall dindi molt especial, diu entre rialles. En Wilfred està fred i distant, si fa no fa com sempre, com si no pertanyés al grup sinó sols a la Janet, i en Ben està com una criatura afegint idees impracticables per fer la taula més bonica. Diu que no recorda haver tingut tanta il·lusió en cap altre any anterior.

—Excepte una vegada, fa molt de temps. Jo era petit, i Santa Claus m'havia de portar la Play Station. Saps, Jonàs? Va ser l'únic paquet que hi havia, sota un arbre petit que havia comprat la iaia, de plàstic, i ningú tenia cap regal, però jo sí: tenia la Play i em vaig sentir especial. De vegades passen coses, saps? De vegades el gust que fa la boca buida canvia i sents la saliva i sents olor de pomes madures, d'aquelles ben grogues, com m'agraden a mi.

La veritat és que tot estava funcionant bé. Fins i tot la senyora Grilli es va adreçar en un anglès molt primari a en

Marc, que somreia a tothom. És encantador. Es fica la gent a la butxaca. Crec que tot prové del contrari de ser afectuós, que equival a esperar afecte. Com que notes que no li importes una puta merda, les paraules i els gestos són més fàcils. No t'has d'esforçar per agradar-li. Ell ho fa per tu.

En Wilfred està contant ara una de les seves històries de brutalitat que tant li agraden, i el menjador familiar fa una aroma deliciosa de menjar bo i de persones sanes. Som una estampa de *Donetes* o de *Que bonic que és viure!* Tot i això, i l'evident cursileria del concepte de família, del concepte d'Acció de Gràcies, i del concepte de germandat, m'hi trobo tan bé! I això que tinc prohibit beure, i miro amb ànsia el vi que se serveixen els uns als altres, generosament.

Fa bona temperatura i la cambra està neta i la taula ben parada. La conversa no decau ni tan sols quan en Wilfred parla de pipes i de cops de puny, que a sobre deuen respondre a la realitat. Som una família qualsevol, modesta però ben avinguda. Tenim aquella pàtina de vulgaritat que ens fa ser senzills i propers.

I de sobte.

De sobte la Janet assenyala amb el ganivet en Marc i diu:

—I tu, guapo, de debò et penses que aquest es diu Jonàs?

En Marc somriu com si estigués escoltant una broma, però jo veig la cara de la Janet, com una mostela enrevenxinada i furient.

—És un impostor! És diu Àlex i és professor de llatí. Però un bon dia va conèixer en Jonàs, l'autèntic, i es va enamorar com un babau. I quan en Jonàs es va tirar per la finestra...

M'aixeco perquè sento que em moro. No per la vergonya de ser tan abruptament desemmascarat davant d'en Marc, sinó pel dolorós record que dormia i es desperta rere la veu cridanera i aguda de la Janet. Obro la finestra, sento que vaig a tirar-me, tot i que aquí és un segon pis, i sento el vòmit amarg al fons de la boca, i sento la venjança de la Janet esclatar per sobre de la taula, reglotar contra les parets, enfilar-se al sostre i torpedinar tot el que em sustentava i em mantenia dempeus.

Sóc un impostor o sóc una persona que s'agafa al salvavides manllevat d'un nàufrag?

El relat és curt i intens i el silenci em colpeja l'esquena. Arrenca a córrer, imbècil, marxa d'aquí.

Però no em giro. Faig veure que estic mort. Com els infants quan tenen por. De sobte, m'arrosseguen per la jaqueta, em giravolten i sento un cop de puny contundent i dolorós, i la veu d'en Marc que crida:

—Malparit! Impostor! Ets un malalt!

Això de malalt ho diu ja amb la porta oberta i fugint de mi.

Tot i el dolor físic li pego a darrere i aconsegueixo abastar-lo.

—Espera, escolta'm, Marc! No em deixis així!

—Que t'escolti?

I sí, s'ha girat i em mira. Panteixa.

—Et poses la roba d'un mort, fas les fotos d'un mort, tens els papers d'un mort, et burles de la justícia i de la gent, amagues una identitat i vols que seguem a xerrar una estona?

—Si tu ho sabessis, Marc.

Som al bell mig del carrer. Hi ha un sense sostre assegut a la vorera, davant d'un deli tancat, que ens mira. No estic segur en quina llengua parlem, però aquell home ens contempla com un espectador que jeu davant d'una vibrant obra de teatre.

—Fora, fora de la meva vida! Si te m'acostes et denunciaré a immigració, ho saps, gàngster?

—No sóc un gàngster!

Aleshores s'atura de nou i em mira i diu sense cridar:

—No, no ets un gàngster. Ets un impostor. Pitjor que això: ets mesquí.

I aleshores arrenca a córrer i el veig desaparèixer.

Mesquí.

M'ho havia dit en Jonàs.

Ve de l'àrab, no del llatí.

De mica en mica, a poc a poc, camino i camino, lluny de tot allò. Em fico a la biblioteca, que sempre és oberta, i agafo un llibre qualsevol i faig que llegeixo.

Després a casa, intentant no pensar, agafo l'iPad i em connecto al correu. Hi ha una carta del meu cosí Eduard. Fa dies que hi és, però jo no l'havia obert. Hi diu:

> Home, Àlex, contesta els correus! Estic tip de tapar-te les vergonyes. No pots desaparèixer. Ara no. T'ho repeteixo per cinquena vegada: torna d'immediat. La teva mare està morint-se i ha demanat per tu.

Res no és mesquí
ni cap hora és isarda,
ni és fosca la ventura de la nit.
I la rosada és clara
que el sol surt i s'ullprèn

i té delit del bany:
que s'emmiralla el llit de tota cosa feta.

Res no és mesquí,
i tot ric com el vi i la galta colrada.
I l'onada del mar sempre riu,
Primavera d'hivern — Primavera d'istiu.
I tot és Primavera:
i tota fulla verda eternament.

Res no és mesquí,
perquè els dies no passen;
i no arriba la mort ni si l'heu demanada.
I si l'heu demanada us dissimula un clot
perquè per tornar a néixer necessiteu morir.
I no som mai un plor
sinó un somriure fi
que es dispersa com grills de taronja.

Res no és mesquí,
perquè la cançó canta en cada bri de cosa.
—Avui, demà i ahir
s'esfullarà una rosa:
i a la verge més jove li vindrà llet al pit.[43]

No: res no és mesquí.
Ni jo, no sóc mesquí.
Tot i que per tornar a néixer necessito morir.

43. És, òbviament, de Salvat-Papasseit.

VI

BARCELONA

Marxo sense dir adéu. Deixo la roba d'en Jonàs i el seu iPad (la càmera no, perquè ara la considero meva). Rescato el meu passaport, amagat a dins de l'armari (costa tant tirar un passaport!). Deixo a sobre la taula les meves lentilles. Vaig a un perruquer nou, un de modest que fuma cigarretes de vent que fan olor de nicotina i que usa una barbeta d'aquelles que ressegueixen el perfil de la mandíbula (una cosa simiesca, molt desagradable) que em mira perplex quan li dic que el meu color és castany, i que em tregui el ros. I que em talli els cabells, i li explico com els portava abans. Les seves mans, però, són molt professionals, aletegen sobre el meu cap com una fulla morta d'arbre giravoltant en el desguàs. La mirada que em faig, des del mirall, és estranya: em reconec i no em reconec. Com quan mires fotos teves antigues i dius així era jo. Però sóc jo de debò aquest que em mira des del passat?

Després vaig al GAP i em compro roba, d'aquella avorrida i estandarditzada que vestia abans. Després, sabates.

De nou al pis, rescato els pocs llibres que han sobreviscut, deixo les claus, hi poso uns diners que he calculat que hi dec i surto sigil·losament de l'ascensor, quan he de passar per davant del bar. Miro a terra.

A l'aeroport, veig que hi ha un vol, via Amsterdam, per només una hora després, i compro el bitllet. No tinc por de la duana: la incongruència entre la data d'entrada i de sortida no em causarà problemes, perquè els americans, si te'n vas, se senten alleujats. Els pobles que provenen de diversos al·luvions humans i de diverses procedències són molt gelosos de la seva inventada idiosincràsia. Tot i això em fan unes quantes preguntes i jo invento una acadèmia que m'ha tingut anys treballant-hi i per sort no em demanen comprovant ni contacten amb immigració, tal com havia previst que farien.

El viatge és llarg. He trobat una novel·la bonica a la llibreria del JF, que es diu *La cadernera* i que ha escrit Donna Tratt; la compro perquè diu que li han donat el Pulitzer i perquè és prou llarga per al llarg vol.

Intento ordenar les idees. Intento no pensar en el nou dolor, agut i tallant com una espasa, que m'ha causat en Marc. Analitzo els meus sentiments (sóc morbós?), miro endins i només hi veig confusió. Després, en cada pausa de la lectura i dels àpats incòmodes, penso en la mare i se'm fa estrany que mori. Potser mor perquè jo ho he desitjat?

Sí: em confesso en el secret dels pensaments el desig amagat de la seva mort, com havia fet amb el pare. I tanmateix, no la culpabilitat, però sí alguna espurna de lligam em sacseja. No em dóna la gana sentir-me culpable, que es veu que és el meu estat natural, però sí que fa pensar saber que ella em va parir, que, de ben segur, en la infància em donava de mamar i em passejava arrapat al seu coll quan tenia febre, que devia tenir tenir cura d'aquell homuncle que resulta que tenia ànima i veu pròpia i que un dia tindria història, i que patia, patia i patia.

Hi ha gent com jo: patim. Necessitem amor i no l'obtenim. I si n'obtenim una engruna, esdevé una necessitat.

Som els neuròtics.

Al meu costat —sóc en un lateral de l'avió, amb dos únics seients—, a la finestra, hi ha una noia rossa, gairebé albina, tota pigada, que d'ençà que ho han autoritzat no s'ha tret l'iPod de les orelles. Es nota que és tímida. Té els ulls tancats i, a la tauleta plegable, les revistes envellides de l'avió. Tot i l'evident timidesa, em pica el colze i em demana, amb una veueta ofegada, que si la deixo passar, que ha d'anar al lavabo. Parla un anglès *middle west*, amb aquelles erres tan ofegades. Quan desapareix, observo que s'ha deixat l'iPod al seient i que no ha tingut la precaució d'apagar-lo. Per pura curiositat, frego amb el tou del dit els petits auriculars i em poso a escoltar. Quina meravella! Però no acabo d'identificar-ho. Quin violí més esplèndid. De vegades oblido com m'agrada la música i el poder hipnòtic que té sobre les malures que em roseguen l'ànima. Em travessa el cervell una idea maligna: he estat injust amb la Fanny. No li he dit adéu i ella ha estat estupenda amb mi. I torno a la música: les volutes que hi circulen, amb la cadència precisa, són d'una bellesa impactant. Hi estic tan absort que no m'adono que la noia ha tornat i em mira perplexa.

—Oh, ho sento. Disculpa. M'ha vençut la curiositat.

I em trec els auriculars, netejant-los ostensiblement amb el meu jersei.

Es diu Elisabeth Woodmaker, és biòloga i va a Barcelona a participar en un congrés. Està morta de ganes de conèixer Barcelona i s'alegra molt quan sap que en sóc fill. Xerrem educadament i obre els ulls quan li dic que sóc professor de llatí, bé, llicenciat en llengües clàssiques, perquè ara, dic, ja no sóc professor. Que he passat un parell d'anys a Nova York i que ha estat una experiència molt... No trobo la paraula i ella somriu.

—Tranquil, sóc de Wisconsin. Digues el que vulguis.

—No, no, adoro Nova York. Però ha estat molt... impactant per a mi.

—Quina especialitat tens?

—La literatura llatina primitiva. Però darrerament he fet una mica de tot. Ja saps...

—Sí: una ciutat gran pot ser molt absorbent. I Nova York és realment fascinant. Contradictòria, neurotitzada, culta i vulgar alhora. Refinada i basta...

—Ostres, Beth, sembla que parlis de Barcelona.

Aleshores em desvela el misteri de la música que escoltava:[44] és el *Rondo capriccioso* de Saint-Saëns.

A partir d'aquest moment ens bescanviem perles musicals, que són rebudes, alternativament, amb senyals de joia. Però ella hi entén molt més que no jo, i a la fi és tan evident que jo em limito a preguntar i ella a contestar.

—Vols escoltar la cançó més bonica del món?

—La més bonica? Dona, hauràs d'acceptar que això és completament subjectiu.

—No, no, no: al costat d'aquesta totes les cançons, de tots els estils i de tots els ritmes, són pàl·lides i esgrogueïdes. Imagina't un musical d'aquells de moda: quan apareix la protagonista i la resta formen cercles al seu voltant i els focus l'aïllen i ella es veu esplendorosa...

—La teoria de la figura i el fons, no?

—Bé, no ho sé.

44. Que no saps com va un iPod, Àlex?

—I quina és aquesta cançó fabulosa?

—Espera.

La busca, i quan la té, m'allarga els auriculars. Hi connecto i per uns moments quedo en suspens, com l'avió que ens transporta es repenja en l'aire. La conec, sé que és de Purcell; comença amb un quartet de violins, i m'adono a l'acte que la bellesa és una paraula escarida per aplicar-la-hi. Fa així:

How pleasant is this flow'ry plain and grove!
What perfect scene of innocence and love!
As if the Gods, when all things here below
were curs'd, reserved this place to let us know
how beautiful the world at first was made,
ere mankind by ambition was betray'd.

The happy swain in these enamelled fields
possesses all the good that plenty yields,
pure without mixture as it first did come
from the great treasury of nature's womb.
Free from disturbance here he lives at ease,
contented with a little flock's encrease,
and cover'd with the gentle wings of Peace.

No fears, no storms of war his thoughts molest,
ambition is a stranger to his breast;
his sheep, his crook and pipe are all his store,
he needs not, neither does he covet, more.

Oft to the silent groves he does retreat,
whose shades defend him from the scorching heat;
in these recesses unconcerned he lyes,

whilst thro' the boughs the whisp'ring zephyr flies,
and the wood's choristers on ev'ry tree,
lull him asleep with their sweet harmony.

Ah, happy life! Ah, blest retreat,
void of the troubles that attend the great!
From pride and courtly follies free,
from all their gaudy, pomps and vanity;

no guilty remorse does their pleasure annoy,
nor disturb the delights of their innocent joy.
Crown'd monarchs, whom cities and kingdoms obey,
are not half so contented, or happy as they.[45]

45. Com són d'agradables aquesta prada florida i aquest bosquet! / Quina escena tan perfecta d'innocència i amor! / Com si els déus, quan totes les coses d'aquí baix / foren maleïdes, haguessin reservat aquest indret per mostrar-nos / que bonic havia estat el món de bon començament / abans que la humanitat fos traïda per l'ambició. // El feliç enamorat en aquests camps esmaltats, / posseeix tots els béns que li dóna l'abundància; / pur sense mixtures com ho era al començament / procedent de l'immens tresor de la matriu de la natura. / Lliure de problemes viu aquí al seu aire, / content de veure créixer el seu petit ramat, / protegit per les dolces ales de la Pau. // Ni la por ni l'esclat de la guerra pertorben els seus pensaments, / l'ambició és aliena al seu cor; / els xais, la pipa i el bastó són totes les seves possessions, / no té cap altra necessitat, no cobeja res més. // Sovint es retira als plàcids bosquets, / on les ombres el defensen de l'ardor del sol; / en aquest recer ell jeu serenament, / mentre el zèfir xiula entre les branques, / i, en cada arbre, la coral de les capçades / bressola el seu descans amb la seva dolça harmonia. // Ah, vida feliç! Ah, beneït refugi!, / lluny dels problemes que recauen sobre la gent important! / Deslliurat de l'orgull i les follies del món, / de les fatxenderies, les pompes i la vanitat; // cap remordiment de culpa ofega el seu plaer, / ni torba

Estic tan agraït, tan alliberat, tan renascut, tan introduït en aquest paradís terrenal de Purcell que no tinc altra manera de donar les gràcies a la Beth: obro el portàtil i de dins trec un full de paper.

—Té, per a tu.

Ella el desdoblega encuriosida: és el Franz Radziwill que tenia Jonàs penjat a la paret. L'única cosa que m'he emportat d'ell. Representa una casa destruïda per la guerra, tremolosa i feble, aixecant els seus braços de maó al cel. Recordo aleshores el *fedora*, que ha quedat penjat d'un clau, just al costat, i el marc que he trencat i he deixat sobre la taula (i la foto d'ell que jo vaig penjar i que en un moment de feblesa vaig fer miques, i les vaig llançar, per l'esquifida finestra, al cel de Manhattan). Recordo la cambra, la cuina, el vàter, la nevera. El *fedora*. El meu Jonàs. Beth em mira espantada perquè em cauen llagrimets dels ulls i no tinc ni la decència d'amagar-ho, i el dolor, el dolor, el dolor. Sento una opressió a les orelles, deguda al vol, i alhora sóc en la cambra i Jonàs em somriu, i ella, la noia biòloga, se sent maternal i m'acaricia el rostre sense malícia, i em dóna en silenci un mocador de paper i després em diu coses tranquil·litzadores. Intenta tornar a doblegar el Radziwill, i crido:

—No, no l'amaguis! Tu m'has ofert la cançó més bonica del món i jo t'ofereixo aquesta làmina del quadre més bonic del món, o, almenys, el més commovedor. Queda-te-la, si us plau.

---

les delícies de la seva alegria innocent. / Reis coronats, que regnen en ciutats i reialmes, no són ni la meitat de feliços i d'alegres que ell. (*La traducció, maldestra, és del mateix Àlex.*)

Però no la puc convèncer i a la fi me la posa ella mateixa a dins del portàtil i em conta coses intranscendents de quan era nena, com si fos una mare que conta una rondalla al nen que plora per una pilota o per un tros de pega dolça.

Penso en en Gonçal, un amic de la carrera que la va deixar perquè això del llatí, tio, no aprofita per a res, i veig el rellotge de la paret al despatx del pare, i la cadernera que tenia la senyora Milagros, la portera, que es va morir i ella, amb les seves manotes i la seva panxota i el seu bigoti, plorava amb l'ocellet a la mà, i sento la veu aflautada d'en Gregori Ballester, al col·le, quan representàvem *Els pastorets*, i hi ha també les hores i hores d'estudi, que era com un forat gris i calent on em submergia de gust, i veig el berenar servit sobre tovalles brodades —unes estovalles posades en punta, deixant les cantoneres a l'aire—, i recordo el quadre de l'home fosc que hi havia al passadís i que de vegades dèiem que l'hauríem de fer taxar, per si era bo. I el dia de l'examen d'Història de Grècia, a segon, que se'm va travessar i vaig notar un buit insalvable al bell mig del cervell, i aleshores en Pitu, que era un poca-solta, em va dir fluixet, tranqui, que et passo la xuleta. I jo vaig delinquir, perquè s'havia evaporat tota la història de Grècia, que només unes hores abans em sabia tan bé. I ni tan sols era la meva pròpia història, sinó un relat vivíssim que ens ha anat congriant a tots els qui en som descendents.

Bressolat per un avió, al costat d'una desconeguda descolorida, vaig entrant en un territori que mai no havia vist, i que sempre havia estat a l'abast: la meva innocència. La meva brillant, viril, triomfadora innocència; no aquella angelical dels infants i els orats, sinó un capbussar-se en quelcom de net, al costat oposat de la culpabilitat, que em rosega fa anys i anys, tancat en un terror absurd que em proporciona el meu sistema nerviós més que els renys o les bufetades del pare i més que la fredor de la mare o que les burles dels germans. Era jo qui tancava les portes, jo qui furgava endins endins, i allà fora, als acords del paradís de Purcell, hi havia la meva innocència, com la del reu que pot demostrar que no hi era quan van matar la víctima.

Un viatge estrany, i l'Elizabeth i jo empegueïts, a la recollida de maletes, al Prat, sense esma de dir-li jo t'ensenyaré Barcelona, com era previsible que fes, o almenys gràcies. Just quan em diu adéu, amb una maleta i una bossa entaforats al taxi, jo corro i trec el Radziwill i li dic si us plau, si us plau, si us plau, vull que sigui teu.

—Però per a tu significa molt, no?

—Ja no.

Estic cansat i m'arrossego cap a casa. Tinc les claus? Algú o altre hi haurà.

Em convé dormir abans d'anar a veure la mare, a l'Hospital Mare de Déu de Montserrat, on sé que mor. Sense soroll, sense escalfor. Sola per dins.

A casa truco al timbre i m'obre la meva germana Maia. Està molt canviada. Sobretot perquè porta als braços un bebè. Com són les coses, em fa una abraçada i sento l'escalfor tendra i humida de la criatura adormida. La casa fa olor de passat i de desconcert: la casa dels pares és una màquina del temps que no saps fer anar. La Maia em diu, ai Àlex, com t'hem trobat a faltar! Que m'ho digui aquesta dona que em va martiritzar tant i per la qual mai no he sentit el menor afecte m'omple curiosament d'orgull. És la cançó de Purcell. És una mica de pau i un braçat de curiositat. I de seguida passem a la sala. Està revellida, com era d'esperar, i hi ha tot de plats de plàstic i restes de menjar pertot arreu. Típic. Ella em parla amb una dolçor estranya.

—Saps que aquesta nena és la cosa més important del món, Àlex? Estaries orgullós de mi. Perquè té la síndrome de Down i encara l'estimo més que si fos com les altres criatures. No té pare. Bé, en té un d'aquells que ni ho saben, que la gometa va fallar (no em facis fàstic, Maia, no ara). No em jutgis, eh? Em sento tova: totes les meves hormones dansen per dins del cos i ara ploro ara ric. Estic enganxada a aquesta criatura com si fos crac. I sento felicitat, t'ho pots creure? Tota la vida ressentida, envejosa de tu...

—De mi?

—Ja ho saps, això. En Carles continua essent un cabrit, però sé que tu no ets com ell. Estic tan contenta de veure't!

Parla i parla, atropelladament. Fins que sento compassió. Ja no estic en guàrdia, ja no em robarà més el xiclet directament de la boca ni m'acusarà a mi de les seves malifetes; ja no em dirà ploramiques ni nena, ni m'apartarà la cadira, sobtadament, quan vagi a seure; ja no ploraré a les nits, abraçat als genolls, arraulit sota els llençols perquè m'ha humiliat, i ho sap fer molt bé, la molt cabrona.

—Disculpa la brutícia. Hi havia una minyona, però la vam fer fora. Bé, va ser l'Eduard, que ja saps que és el que mana, mira si som febles els tres. Com a màxim, ens tracta amb condescendència. Estava furiosa contra tu, per desaparèixer així, però ara penso que jo ho hauria d'haver fet també. Ho he pensat molt, saps? Eh que és adorable? Ara mamaràs, bonica.

La meva germana es treu un pit blanc, gros i solcat de venetes blaves i d'estries i la nena xarrupa dolçament. Quina imatge tan plàcida i tan reconfortant. Intento explicar-li què feia tant de temps, i murmuro que Nova York em va xuclar, per la planta dels peus fins al cervell, i que hi vaig ser molt feliç i també molt desgraciat. (No t'hi confiïs, Àlex! Ho farà servir per befar-se de tu, quan li passi el núvol de maternitat que l'embolcalla ara!).

—Com aproximadament ho són totes les persones del món, no?

—La mare està en coma, però has arribat a temps. L'Eduard ens ha dit, a en Carles i a mi, que quan «es produeixi el decés» (ja el coneixes, com parla) hem d'anar a cal notari per escoltar el testament. No crec que tingui res de res, la vella, però saps què em passa? Que ja no l'odio, l'havia odiat molt, tu deus saber-ho, eh, Àlex? Doncs ja no.

Em meravella que hagi dit exactament el mateix que estava pensant jo: m'alegro de veure-la amb vida, la mare. Se me'n fot, el testament, i em sento bé amb la meva germana que tant m'havia martiritzat, tota la infància. M'he fet adult de sobte. O he entrat en la innocència, on no hi ha culpables ni víctimes. Seria bo que fos així.

Per un moment estic sol en una habitació de clínica, la mare connectada a un respirador i el braç foradat i tubs que pengen. Està tan vella! Tan groga i arrugada! El rictus de la boca és tan amarg! I aleshores, per primera vegada, penso en ella, no en la meva mare, sinó en aquesta dona que jeu a la vora de la mort. I sento compassió de nou. Una dona amargada, sense cap altra escalfor que la d'un nebot imaginari. Perquè l'Eduard és ben real, però l'Eduard que estimaven els dos, pare i mare, era inventat, era la suplantació d'uns fills decebedors. La meva germana no era maca ni graciosa, jo no era intel·ligent ni entremaliat, i en Carles era un maldecap continu, sempre embolicat en mentides, faltes a classe, petits robatoris, pallisses amb els amics, disgustos. I ells, que tenien un aversió tan profunda ella per ell i ell per ella, es van enamorar del nebot perquè no era nosaltres ni era ells, no perquè fos millor. I ara, per primera vegada, penso en ella, la persona que suportava amb dignitat tot l'atavisme de ser esposa i mare i no trobar sortida enlloc. Sé que detestava mon pare, tot i que no discutien mai davant de nosaltres.

Al cap de poc temps de ser-hi, al llit de mort de la mare, mirant-la i capbussant-me en el passat, que ara sembla tan proper, tan tangible, tan inamovible, tan real, tot i que era llunyà i esborradís allà a Nova York, apareix l'Eduard. Està quasi calb, és més baix de com el recordava, però igual d'expeditiu; té la veu profunda i condescendent de sempre.

Ens abracem i jo intento endebades plorar, o, almenys, emocionar-me. L'Eduard és corredor de finques, perquè va penjar la carrera de medicina al poc de morir el pare. Tenia un amic, amb qui era inseparable, que es deia una cosa estrambòtica, com Rigobert o Adalbert, ja no me'n recordo, i va continuar cuidant la mare i sent el seu confident, però deslliurat de ser la nineta dels ulls del pare. Amb el seu amic van obrir un negoci en un moment que el totxo era la millor inversió i van fer quartos. Crec que després en van perdre molts, però em sona que sempre es rescabalava. Potser la mare l'ajudava. Però no sé si ella tenia tants diners. El pare era estalviador i s'havia guanyat bé la vida, però no tant. Recordo unes joies, fabuloses, com ho són totes les joies de família, fins que un taxador desinfla els somnis familiars i les tradicions orals.

—Digues foll: has diners? Respòs: —He amat. —Has viles, ni castells, ni ciutats, comdats ni dugats? Respòs: —He amors, pensaments, plors, desirers, treballs, llanguiments, qui són mellors que emperis ni regnats.[46]

És bonic, però ja sento la veu de la mare dient que ja en pots tirar un tros a l'olla, dels llanguiments i els desigs...

No, no ho sé, com ha viscut, no m'ha interessat ni m'interessa ara. Però hi ha un fet antiquíssim, que ja funcionava quan trescàvem pels arbres: quan hi ha un mort, els hereus es reuneixen i fan comptes, i, en acabat, es barallen. Quina mandra. El director d'orquestra sens dubte serà l'Eduard, que és l'amo, el puto amo. Només veure'l, l'aversió de sempre em regurgita a la boca, com un vòmit. Quants anys deu tenir? Crec que és més gran que nosaltres (o no?),[47] i crec que s'havia casat. Sí, sí: tenia un fill, horrible com tots els abusananos del món. On he viscut tot aquest temps? De quina boira he estat envoltat? En quin pou he estat ficat? Amb quina monstruosa indiferència m'he comportat?

I tanmateix, tanmateix, oh, sí!, sento ganes de viure. I sento ganes de ser útil. I sobretot, sobretot, sento ganes

46. Això és del *Blanquerna* de Llull, oi?

47. No, no: l'Eduard és un any més petit que la Maia i un any més gran que tu, Àlex. Com pots oblidar aquestes coses?

de sortir de mi mateix, al voltant del qual he estat entortolligat tota la vida com s'embolcalla un nen en la tovallola quan surt de la piscina, o com el ble d'una espelma que es crema retorçuda amb flama dèbil i que pots apagar amb un bufet d'aire.

L'Eduard. Els pares. Una joventut desventurada, enterrat en llibres i sentint totes les burles dels companys, a classe. De petit, quants berenars m'han furtat? Quants cromos bons m'han arrabassat? Quantes coses sobre el sexe de la mare i la germana he escoltat, com escopinades verdes i amargues? I ara, perquè he escoltat una cançó preciosa que una noia descolorida m'oferia de grat en un avió, em sento, per primer cop, bé. La pau de la vida feliç de Purcell.

—Coi d'Àlex! Coi d'Àlex!

L'Eduard em contempla un cop i un altre. Està vell. Està vulgar. M'entendreix que em causés terror tant de temps i que la seva opinió fos tan vital per a mi. Aquest pobre home és més llest del que jo no seré mai, i molt més astut. Però jo he après coses antigues com la bellesa i la veritat: la càbala eterna.

—Conta-m'ho tot, diantre!

Hi ha algú que digui coi i que digui diantre?

—Primer la mare.

—Doncs mira, per què no dir-ho? A mi no em fan por les paraules: està en coma i morirà d'un moment a l'altre. És una llàstima que no t'hagi pogut abraçar i besar perquè això ara ja no és possible.

Em fa riure —i quasi se'm nota— pensar en ma mare abraçant-me i besant-me.

—I en Carles?

—En Carles? Doncs mira, la veritat, amb tot això de la mare s'ha comportat. Treballa amb un dentista, a la recepció. És simpàtic i cau bé a la gent. Guanya una misèria, però sempre té quartos. No sé si juga o fa alguna cosa il·legal. Té un piset aquí, a Sants, petit com un puny de dona. Tenia o té una companya... Escolta, Àlex, tot aquest silenci, tot aquest misteri... Sé que vas demanar diners a la mare un parell de cops...

—Només me'n va enviar una vegada. Estava en un destret.

—Aquest silenci! Fa mal, ho saps? Ta mare estava sempre trista, tot i que evitava parlar de tu. Ha patit molt. Perquè el pare era difícil, i ella havia aguantat moltes coses, no en tens ni idea, tu... Tu i els teus germans heu viscut sempre en una mena d'inconsciència. En Maur diu que sou com fantasmes que leviten, que no toquen de peus a terra. La Maia ha canviat, d'ençà que és mare, i en Carles, mira, es comporta. No sé si és que ha madurat o què...

—Qui és en Maur?

—Que qui és en Maur? Que fas broma o què? En Maur, home, el meu fill! Que vas de marcià o t'han xuclat l'enteniment allà, a Amèrica, on ningú no sap què hi feies?

I aleshores, com una glopada, com una capbussada, ho recordo tot. Un nen malcriat, consentit i pretensiós. Era el meu anvers i em feia ràbia (una ràbia impotent, amagada i rosegaire). Jo encongit i poruc, ell, als seus deu o onze anys, prepotent, amb insolències que els pares li reien, peixat d'afalacs, vulgar. I recordo la Conxa, la dona de l'Eduard, una dona grassona, amable, baixeta i amb una mirada maliciosa. «Ella tampoc no té pares, saps? Per això ens estimem tant la teva mare, per això l'hem cuidada tant».

Tres mals fills i un nebot encantador.

La institució més perversa que hem ideat és la família. La família és el nom que agafen les bandes mafioses, i la família és el nom mel·liflu que l'empresari dóna a l'empresa i als salaris miserables que paga. La família és la justificació de tota la barbàrie dretana, és la seva pedra filosofal, el seu passaport per cometre qualsevol infàmia, des de lapidar dones fins a penjar homosexuals a la forca. És la coartada de les religions, envoltades totes de màgia i de superstició. La família és la font de totes les neurosis, la negació de la individualitat, el camí més còmode per socialitzar els ciutadans manllevant-los la facultat de pensar per ells mateixos.

I l'Eduard era l'alabarder de la meva família (però no el corneta Rilke, que pregunta: Senyor, per què aneu a la guerra?, i el senyor li contesta: Pel plaer de tornar). Jo, i els meus germans, les puces del gos; ell, l'insecticida expeditiu. Amb el seu nen cregut i estúpid i la seva dona, que sens dubte plora veient pel·lícules d'amor, amb la Sandra Bullock o la Jennifer Aniston. Ara el tinc a davant, quasi calb, baix, i m'adono, amb ironia, que amb la mort de la mare el seu imperi s'ha acabat, i que ell encara no ho sap. Recordo una bella novel·la de Forster[48] que defineix l'imperialista com un home de bona salut i que vol heretar la terra, i que en el fons és un destructor, i diu que la terra que heretarà és eixorca. Més o menys. L'Eduard era un d'aquests. I ara, morta la mare, quan ens hagi arrabassat la casa, els cèntims, les joies i tot plegat, caurà en una depressió i el seu Maur fugirà de casa, com hem fet tots, i la Conxa llegirà novel·les de noies o «best-sellers de qualitat».

48. Es refereix a *Howards End.*

I ara per fi la veig de debò, amb ulls nous. A l'hospital, en aquells llits incrustats de dispositius terapèutics, amb la cara grisa i la boca oberta, sense dents, el nas afilat i la respiració assistida mig caiguda. La mare. De segur que de petit em va estimar. I que va tenir cura de mi, per imperi biològic. No sé res d'aquesta dona, si és que hi ha cap fill que sàpiga res de la seva mare. Tots els records bromosos, fatigats, apegalosos i humiliants s'esfumen davant de la cara d'una dona que agonitza encara que no senti, com Addie Bundren, que els seus fills claven els claus del seu taüt.[49]

En Carles m'ha abraçat i he vist que estava trist, però és una tristesa anterior i interior (ai de nosaltres! On ha anat aquell noi entremaliat, sense escrúpols i una mica cràpula? Ara és un home trist. Només han passat dos anys?). I hi ha la Maia, que ens explica que ha deixat la nena amb una veïna, molt bona persona, i ens abracem. L'Eduard ens mira paternalment però hi ha guspires de menyspreu, com aquella mirada ofesa de Floquet de Neu que em fascinava de petit. Sentir-se menyspreat per un goril·la és quelcom que un nen no hauria d'aguantar mai.

Estic instal·lat a ca la mare, amb la Maia i la seva nena, que és preciosa i que fa bondat. L'ajudo a cuidar-la. Semblem un matrimoni ben avingut que comparteix els treballs de la criança i que afegeix un plus d'amor biològic a una nena amb una discapacitat. En Carles viu a prop, però ja no treballa per a un dentista: s'ha fet monitor de piscines escolars. Recordo que en sabia molt, de nedar, i que, si no hagués sigut tan gandul i dispers potser hauria arribat a esportista. Ho deia l'Eduard, al pare, a la mare i a

49. *As I Lay Dying*, del més gran de tots: William Faulkner.

qualsevol, com si volgués justificar un fracàs educatiu tan rotund del qual, no se sap per què, se sentia responsable. M'ocupo de tenir la nevera plena i de netejar la casa, mirant de no tocar res de la mare, com si ella hagués de tornar en qualsevol moment. El despatx del pare encara m'impressiona. A estones poso el vell tocadiscos del pare i escolto Bach, la seva esplèndida col·lecció de cantates sacres. I em reconforto i em sento menys desorientat.

—Per què heu despatxat la dona que la cuidava?

—Jo què sé. L'Eduard, ja saps...

A mi no em molesta endreçar. Tot i que em fatiga la brutícia de la meva germana. La nena, en canvi, la té sempre neta i ben alimentada. L'ha trasbalsada molt. Tenim ressorts secrets que, si els toques, esdevens lluent com una fada i et donen una vareta màgica. El mal és que, els ressorts, no tenim ni punyetera idea d'on paren. Alguns creuen que jeuen entre els dècims d'una administració de loteria i d'altres creuen de debò que rauen en el treball, a aixecar-se molt d'hora molt d'hora. Però no ho sabem. La nostra ignorància sobre nosaltres mateixos és còsmica (o còmica?).

La rutina és descansada i plàcida. Qualsevol rutina. La gent es pensa que els qui fan vaga són uns ganduls, però no hi ha res més difícil que trencar el «desmuntar el temps de cada dia» i fer coses diferents i inacostumades. El món és ple de misoneisme.

Doncs fem la nostra rutina: al matí jo netejo i cuido la nena i faig el dinar; a la tarda estic fins a la nit a l'hospital. En Carles ve cada dia, però no sempre a la mateixa hora. He portat el meu e-book, ben carregat de llibres, i puc restar hores al costat de la mare; em fan sortir de vegades, per netejar-la o per curar-la. I després la miro una bona estona. Em creix endins endins l'afecte, i sobretot la compassió. Les relacions entre tots nosaltres s'han assuaujat, com si la presència de la mare, agonitzant i inconscient, fos un parèntesi per a la rancúnia, per al desdeny, per a qualsevol passió negativa (sempre m'ha intrigat l'èmfasi que posem a la paraula «passió», que, en definitiva, vol dir passivitat).

Passen els dies. Compto els diners que em queden. Puc sobreviure, sobretot tenint l'allotjament solucionat. Sento remordiments per la Fanny però no vull escriure, no vull fer un pas enrere, no vull retrocedir, perquè em fa por tornar a fer-me mal, tornar a sentir el dolor immens per la pèrdua d'en Jonàs. Em recreo, això sí, en la meva riallera aventura amb en Marc, i penso que va estar bé, que em va guarir, però que no valia la pena: era incapaç d'entendre'm. Ni ho pretenia tampoc, ni ho intentava. És d'aquelles persones afortunades que són egoisme pur, en el sentit intel·lectual que li donen els empiristes anglesos.

L'Eduard continua planant sobre nosaltres, però és menys inquisitiu. Sé que pensa obsessivament en els béns de la mare i la seva secreta voluntat (o ell sap què volia?). Sé, però, que té dubtes. La sang és més espessa que l'aigua, xato. O no?

Em presenta el seu Maur, i dic que em presenta aquell marrec insuportable, perquè ara és quasi un adolescent, i a sobre, simpàtic.

Una tarda ve ell sol a l'hospital i parlem i parlem, en veu baixa, tal com hom es comporta davant d'un moribund. Resulta que és llest, que és ambiciós i que és simpàtic.

—He muntat el negoci jo sol. No vull estudiar, és un pal. M'avorreixo i sé que cap carrera, curta o llarga, no m'agradarà, i no sols aconseguir-la, sinó la feina que se'n desprèn. Això, tenint sort. Sóc bo en ordinadors, però hi ha tanta competència. De moment faig això de les samarretes.

—Això de les samarretes?

—No t'ho ha dit el pare? N'està molt pagat. Ell sempre està pagat de tot el que jo faig, i la mare, com sempre, és el seu eco. Em pregunto per què les dones són tan passives, tan manipulables...

—No totes.

—Les velles, sí.

—Nen: te'n citaria a grapats que són velles i volen transformar el món.

—Doncs les samarretes... Si sabies quanta gent en fa. Jo estic preocupat pel disseny: és molt difícil fer dissenys originals, originals de debò.

Em quedo rumiant i a la fi dic, però com si no fos jo qui ho digués, sinó com un tiet atent i simpàtic:

—Escolta, jo sé fer fotos.

—Puaff!

—No, no: fotos de debò. Si vols te'n faig alguna a veure si...

—Però una foto?

—Que baixes de l'hort o què? La posarem en mode dibuix i l'ampliarem.

Queda callat i els seus ulls van de dreta a esquerra, pensant. Quan pensem fem això, amb els ulls. Quan recordem, els ulls van de dalt a baix. Ho vaig llegir en algun lloc.

En Maur és un pèl baix per a la seva edat. El seu pare també és baix i la Conxa, encara més baixa. Tanmateix és prim, amb els llavis grossos (el de baix li penja una mica) i els ulls inquiets. Sol portar una samarreta de màniga llarga i a sobre una de màniga curta. Té un minúscul pírcing en una aleta del nas i una P tatuada a sobre del colze. No sé què vol dir ni m'interessa. Ja és prou gros que estigui fent amistat amb aquest marrec. Ara per ara, la vida transcorre com si estigués submergit a l'aigua, o envoltat de boira. No és una sensació desagradable. Barcelona també sembla diferent de com la vaig deixar. La manca de familiaritat amb persones i indrets, tan pròpia dels drogates, és en mi una mena de despertar, o una mena d'endormiscar-me. La casa no em resulta repel·lent, com temia, i la presència de la Maia i la seva adorable nena, que fa molta bondat, és reconfortant. Com ser a l'úter no, perquè això és el nostre enterrament en vida. Miro les coses i les persones amb un distanciament tranquil·litzador. I visitar la mare a l'hospital m'omple de tendresa. Potser és el primer acostament real que tenim ella i jo, d'ençà que vaig créixer i vaig començar a ser persona, un experiment aterridor que no tothom suporta; he sentit dones estupendes lamentar-se que els seus fills hagin de créixer, perquè «deixen de ser teus», una expressió que revela que de menuts sovint som una joguina que té la facultat d'estar viva; pel que fa als homes, els he sentit lamentar-se que la criatura s'ha possessionat de la mare. Bestieses.

A Barcelona el temps és plàcid. Està tan ple de restaurants com sempre, però hi ha més gent al carrer, que miren furtivament, com els animalets del bosc, i se'ls veu desconfiats. Entomo un aire humit i fràgil, com l'ala d'una papallona, i em meravella el xivarri que fan els petits. Per què parlen a crits, amb companys que tenen just al costat? Era així abans?

Aquest ensonyament, com si fos un gat gandul sota una estufa, em produeix, però, un gran plaer. En el fons m'estic rient de mi mateix i les meves dèries exagerades i neuròtiques. Tinc, però, la memòria empresonada en un punt: quan el record frega el nom o la cara d'en Jonàs, em tanco, premo la mandíbula, xiulo, em poso a llegir, a cantar en veu alta o camino de pressa.

És obvi que estic en una situació provisional. Aviat hauré de pensar a guanyar-me la vida. Però, com els altres, estic en suspens mentre la mort ronda la mare. Desitgem que s'acabi, i alhora el fràgil lligam que hem deixat que circuli al nostre voltant —fràgil però perillós com els transparents tentacles d'una medusa— va creixent i enfortint-se. Li fem una companyia inútil i penso que en el fons estem complaent el personal de l'hospital. Les interaccions socials són totes comèdia; els bebès ploren en públic quan tenen gana i nosaltres callem; els animalets es regiren quan volen sexe, i nosaltres escorcollem la pantalla de l'ordinador i mirem porno, trivial i bast.

Amb en Maur hem sortit a fer «les teves fabuloses fotos» per a les seves samarretes —la capacitat de burla que tenen els més joves és infinita: ens menyspreen amb compulsió i nosaltres ens limitem a ser llagoters i a dialogar amb ells—.[50] Hi ha una garsa, blanca i negra, estesa a l'asfalt, a tocar d'una fruiteria —Barcelona n'és plena—; és viva. I jo, cruel.

—Maur: agafa l'animal i prem-li el cos fins que es queixi. Vull exactament el seu bec obert i...

50. Abans els adults feien sermons als menuts; ara hi «dialoguen», cosa que, malgrat la semàntica, ve a ser el mateix.

—Sí, home, i què més!

—No et pot fer res, ximple, si l'agafes pel coll.

Remugant, fa el que li dic i jo tinc la càmera a punt. L'animal no reacciona i tot de sobte obre un bec immens i emet un grall raspós i desafinat. Els ulls esbatanats: perfecte. La foto és exactament la que buscava. Després, com dos tendres ciutadans, dels que no trepitgen la gespa ni arrenquen escorça dels plataners, li comprem una ampolleta d'aigua i una magdalena. La deixem en lloc segur, amb el tap de l'ampolla ple d'aigua i la magdalena esmicolada en molles petites. I marxem. Li fem adéu amb la mà i fingim que plorem, tot rient. Ens hem de burlar de nosaltres mateixos per no semblar cursis. Més comèdia.

A casa, cremo la foto i em queda un perfil agressiu, que fa mal als ulls. Li encantarà, a en Maur.

Quan la veu ja no es burla de mi i diu, va, fes-ne més, ja et diré si aquesta té sortida. Guaita l'empresari aquest que encara riu si dius «caca»... La segona foto que faig és a casa. He matat un escarabat a la cuina de la mare i, amb una mica de paper de vàter —no suporto aquests coleòpters— li arrenco una pota. Aconsegueixo ampliar-ho, i en mode dibuix el veig encara més desagradable que el bec de la garsa. En Maur diu està bé, tio, però... I és clar; no acaba la frase. Acabar les frases és antic.

Ho provo per tercera vegada. Aquest cop li demano a la noia del quiosc de diaris, que és molt amable, si em deixaria fer-li una foto a la mà.

—Per a què?

—És per a una samarreta. Ningú no sabrà que ets tu, és clar. I si vols, et dono vint euros.

—No, no cal.

—És que tens unes mans precioses.

Més comèdia. Interactuar amb les persones no és el mateix que amb l'iPad o l'ordinador. De fet, la noia té unes mans fines i delicades, com la princesa Blancaneu.

Amb el Photoshop li «arrenco» la carn de les falangetes i hi poso els ossos. Una mà delicada, amb un anellet de nena, i aquest horror. Ho trobo boníssim i em trobo a mi mateix anhelant l'opinió d'en Maur: una criatura que m'era odiosa i filla del meu torturador de la infància. No sabria per què, però no hi veig cap mena d'entusiasme. De fet, es repenja en el meu muscle i em diu, mira, tio, la gent ja no és tan *gore*. Els vampirs sí, però aquestes coses no tenen gràcia. I és que, tio, no tens sentit de l'humor, tu.

Sóc un imbècil. I prenc un determini que hauria d'haver pres en arribar: truco a en Carles Ubach, el fill del notari, que va venir amb mi al congrés de Nova York. Ell de ben segur que sap si una persona com jo té alguna mena de sortida a Barcelona.

Al telèfon es mostra estranyat i poc receptiu. Quan li explico que he tornat perquè la mare està morint, m'omple de paraules de condol, com una pluja de plomes negres, i quedem per dinar l'endemà.

—Saps el carrer de la Cera?

—Sí, home: Can Lluís, eh que sí?

—Doncs demà a les dues. A veure quins plans tens, tot i que jo no sé què podria aconsellar-te.

M'està dient, para el carro, que no som tan amics. De fet, companys circumstancials i prou.

L'endemà a la una li truco furtivament, des de l'hospital, per desfer la cita. La mare acaba de morir. I la cerimònia tribal al voltant de la mort comença, malgrat jo i malgrat, potser, tothom. Diria que l'Eduard, tan conservador, s'hi troba a gust, però a mi i als meus germans ens incomoda això del taüt, la cerimònia falsament religiosa, les paraules asèptiques d'un capellà desconegut, les flors. El ritual centenari. I tanmateix, al bell mig del cementiri es produeix un fet que ens deixa a tots sense respiració: en portar el taüt cap al nínxol familiar, els empleats, enfilats en una escala, arrenquen la làpida —tan cursi com totes— i vet aquí que extrauen un cos llarg, embolicat en una bossa blanca, com acabada d'estrenar. Jesús: és el cos del meu pare! Pel que sigui, ha quedat momificat, cosa que passa alguns cops. I, ai horror, dipositen el cos a terra i amb dos martells de mànec llarg els operaris del cementiri comencen a colpejar amb fúria: volen fer lloc per al mort següent. Potser quan jo mori esmicolaran el cos de la mare per donar cabuda al meu cos. Estic atònit. De sobte, el refilet d'un ocell i una mena de processó obscura que fa camí al seu nínxol; miro els altres. Tenen els ulls clavats a terra, i les mans agafades per davant del cos. Només noto que la respiració d'en Maur és més ràpida, com el pit cansat del corredor de fons. La trencadissa acaba en pocs minuts, i aleshores tornen a pujar a l'escala i dipositen el sac blanc[51] a la part més fonda del nínxol per encabir ràpidament el taüt de la mare.

Em pregunto per què estava el pare sense taüt: un cop enterrat els agafen per tornar-los a vendre? I per què era tan blanc, com acabat d'estrenar, el sac que contenia les despulles del pare? Ho hauríem pogut resistir si hagués estat un esquelet d'ulls esbatanats ensenyant les dents?

51. T'imagines si arriba a estar tacat de sang?

La cerimònia acaba i gent que no conec em dóna un condol que no necessito. El cementiri és depriment, tot i que ara i adés tornen els refilets d'ocells, que alegren els cors contrits de nosaltres, els pecadors (per definició: per dret de naixença).

Aquella mateixa tarda, tot just havent esmicolat l'esquelet del meu pare i havent entaforat el cos de la mare, l'Eduard diu, ei, vosaltres, a les set a cal notari. Casp 90. No us retardeu.

Què vol, testimonis? Perquè és evident que tot ho heretarà ell, el fill bo, sense ser-ne, de fill. El suport en les fatigues i l'orella consoladora davant el fracàs dels fills. La Maia és una perdulària; l'Àlex, un tarat, i en Carles, un pòtol. El comprensiu Eduard és el Richelieu d'uns que no són mosqueters, el Iago de la gelosia imaginària d'Otel·lo, el llop de la Caputxeta, amb les seves paraules untuoses i la seva voracitat de bèstia, el Gru que diu: «Ser bo està molt sobrevalorat», o el Joker d'*El cavaller obscur*.

La notaria és extremadament moderna i activa. No s'assembla a res tradicional. Per a la meva sorpresa, el notari es diu Amadeu Ubach. Verge Santa. Avui hauria d'haver dinat amb el seu fill. O és una mera casualitat? Problema: intenta que una goteta d'aigua toqui el centre d'una taula situada vint pisos més avall, i tanmateix, si es posa a ploure moltes gotetes tocaran el melic de la taula.

La Maia ha vingut sense la nena, aquí i al cementiri. No sé qui la hi cuida, però ella està tranquil·la. S'ha fet transparent, de pell lluminosa i ulls enfonsats en ella mateixa. La maternitat transforma les dones, per imperatius biològics. O culturals. Mai no ho sabrem. Potser no en tenim, de biologia: som, només, cultura. En Carles està seriós i l'Eduard és sens dubte el capità manaia, encara que no porti un plomall blanc. ¿O sí que el porta i és invisible als ulls dels acollonits mortals, que davant d'una notaria esdevenen pàries, fins i tot els revolucionaris (i això que un notari és el guardià de l'ordre establert, el zelador de la propietat privada, el testimoni inviolable, la paraula del qual val més que la realitat)?

La lectura del testament és avorrida, però més breu del que jo creia. I no hi ha manera de no entendre el que hi diu: la Maia hereta les joies, jo hereto el pis amb tot el que conté (excepte les joies, és clar), en Carles es queda amb unes accions que, malgrat la crisi, no han parat de pujar, d'una empresa d'informàtica. I l'Eduard, que pel seu posat coneixia del tot el contingut del testament, rep els diners en efectiu que la mare guardava al banc. No en diu la quantitat, però sospito que és una xifra imponent, a jutjar per les perletes de suor que se li han posat a l'Eduard sobre els llavis i una rialla muda que és solament als ulls, sense tacar la boca.

Quan marxem, estem tan atabalats que quasi sortim en tropell. Però jo freno, em giro al notari i li dic:

—Perdoni, és vostè parent d'en Carles Ubach, llicenciat en llengües clàssiques?

—És el meu nebot.

—Però ell és fill de notari.

—Sí, tots dos germans ho som. Ho devem portar a la massa de la sang.

Això crec que intenta ser un acudit.

—Sap que precisament avui havia de dinar amb ell?

—I vostè sap que ja no és llicenciat, sinó doctor, i que té plaça a Humanitats, de la UB?

—M'alegra saber-ho.

Els altres ja són fora. I aleshores el notari em mira als ulls i diu, en veu baixa:

—Està decebut de la voluntat de sa mare?

—Tot al contrari! M'he quedat atònit que hagués pensat en mi.

—Això que diu és una mica dur.

—Perdoni, però és que crec que no em mereixia res, jo.

I aleshores sospira i se'n va i em quedo sol, en aquell despatx modern i elegant. M'estava dient que m'han usurpat l'herència? Que ell n'és conscient? Perquè per a mi és una trivialitat, un *fait accompli*.

Ara miro ca la mare amb uns ulls diferents. Ara és casa meva. I penso cremar tot el que em fa mal i conservar tot el que em fa bé. El despatx del pare. Mirant-lo, com a propietari, em sento enfadat amb mi mateix. Total, el pare era un metge mediocre, amb unes ínfules que descarregava en la família, perquè no tenia enlloc més on descarregar-les. El seu calaix secret, que estava prohibit tocar-lo, ara és meu. I, en obrir-lo, sento un dolor brut, com el gargall d'un ancià. A dins hi ha unes fotos color sèpia, d'ell amb la mare o potser una altra dona, de fa molts anys. I una carta de sir James Colahool, que sembla un metge de Londres, que elogia un article seu. Mare de Déu! Tot plegat és tan antic! Hi ha una capsa antiquada de condons, i una pomada, completament resseca, d'alguna cosa que devia fer olor de mentol. Hi ha una ploma estilogràfica, rovellada: un petit univers que era el seu reialme secret. I una radiografia d'un genoll, ignoro de qui. No pot ser meva, perquè és massa antiga. I, oh Déu, un calendari Ogino! També hi ha una carta, que diu:

Carles, estimat:

No em tornis a escriure. Estic casada i no vull embolics. Ni a tu tampoc no et convenen. Ja sé que la teva dona et causa una mena de repulsió biològica, i tot i això has engendrat amb ella tres fills. No puc fer-hi res, jo. Ara sóc del meu Artur. I no penso enganyar-lo. Tu ets massa noble per insistir-hi. T'envio el meu afecte i un adéu definitiu,

CARLOTA BRANCHADEL

La resta del despatx és purament professional. Un metge antic. Un pare amargat. Un espòs despitat. Un home que aboca les neures sobre la seva indefensa família. Un cas com tants. El món n'és ple. Maleïts els qui fan patir les seves criatures per les seves deficiències!

Tinc el cap ple de plans.[52] Vendré els mobles, els llums, la roba antiga, les coses de valor, i, oh sí senyor, aniré a l'Ikea a fer un pis lluminós i informal. El terra, el taparé amb parquet (potser puc vendre les rajoles, amb dibuixos com els de les catifes), i les cambres de bany les faré fer modernes i alegres, si és que trec una quantitat respectable de tot el que hi ha.

I els objectes personals, la qüestió més espinosa quan mor un parent? Doncs, com sempre, a les escombraries. O és que pensaven emportar-s'ho a la tomba, fantasmes aterrits, de narius dilatats i l'iris aigualit, inexpressiu, com els dels peixos?

52. Quina horrible cacofonia!

I, tanmateix, sec a la cadira del pare a l'intocable despatx, a la cambra del misteri, a la porta prohibida on de ben segur no pengen esposes degollades ni corre la sang per terra, però sí cadàvers metafòrics, fruit de la supergueria dels mediocres. M'assalten paraules llegides, o escoltades, disperses, com ara: «Ressentiment», «Només volia dir-t'ho», «*Nous ne somme pas au monde*», «*Timeo danaos et dona ferentes*», «*Camino de cualquier parte*», «—Com se surt d'aquí? —Això depèn d'allà on vulguis anar», «*The proper basis for marriage is mutual misunderstanding*», «El foc té senyor i l'aigua, no», i, rebotant enmig de totes, com una pilota de bàsquet en ple partit, unes paraules que em deixen sense alè: «Barcelona és una metàfora».

El balcó del despatx és obert i entra a glopades l'aire salat i càlid de la primavera. Sento ganes de viure.

Dos dies després, dino a Can Lluís, amb en Carles Ubach. El trobo més jove del que esperava, i més amistós també. Que hagi mort la mare es veu que li reblaneix el cor. Em conta que treballa de lector a la Facultat, i l'enorme despesa d'energia que hem gastat en una carrera inútil, fora del món. Somriu, amb aquella pàl·lida superioritat que dóna saber que tu ets dels bons, de la resistència, del costat còmode dels perdedors, perquè són entranyables a priori. Tot de sobte em diu, completament de memòria (però em penso que ho ha assajat):

Pulcre convenit improbis cinaedis,
Mamurrae pathicoque Caesarique.
Nec mirum: maculae pares utrisque,

urbana altera et illa Formiana,
impressae resident nec elventur:
morbosi pariter, gemelli utrique,
uno in lecticulo erudituli ambo,
non hic quam ille magis vorax adulter,
rivales socii puellularum.
Pulcre convenit improbis cinaedis.[53]

M'estranya que faci befa de l'homosexualitat, i més en boca del gran Catul, sempre enginyós; tenia clara consciència, però, que ell ho ignorava tot sobre la meva sexualitat. Així doncs, per què havia après de memòria precisament aquest poema? Ell mateix em treu de dubtes:

—Te'n recordes, Àlex? Ho vam aprendre i fèiem com que el recitàvem per a nosaltres, però era perquè ho sentís don Faustino, aquell profe odiós que era homosexual, i ens venjàvem de les seves notes i del seu mal humor.

—Ah, sí! En canvi, la bonassa de la Carme Cuerda, te'n recordes?, amb la seva blanor amable ens va ensenyar molt més que el don Faustino dels collons.

Mentre parlem, les teranyines del record van esclarissant-se. Em sento a mi mateix, cantant amb la colla collonades homofòbiques com allò de: «Somos hados / somos ninfos / somos lindos mariposos / para qué queremos

53. És perfecte l'acord entre els mariques, / com Mumurra, l'afemellat, i Cèsar. / No és estrany; l'un i l'altre amb igual taca, / rebuda a Ciutat l'una, i l'altra a Fòrmies, / resten marcats, i no se'n lliuraran. / Malaltissos igual; bessons tots dos, / d'un sol llitet, i ambdós instruïdets. / No és més famolenc adúlter que l'altre. / Associats rivals de les mossetes. / És perfecte l'acord entre els mariques. (*La traducció és de Josep Ignasi Ciruelo i Jaume Joan.*)

niñas / siendo niños tan hermosos...». I encara, la pocasoltada aquella que feia: «I teniu pèls en el cul? Sí, senyora, sí, senyora. / I teniu pèls en el cul? Sí senyora, i molt més d'un». Les carallades d'adolescents universitaris, la primera puta compartida, l'acne, l'alegria que m'omplia tot lluny de la meva tètrica família, arrossegant els peus, en acabat, per tornar al cau i sopar entre mirades esquives i llavis doblegats cap avall, com les granotes.

L'Ubach i jo no érem amics. En tenia de més propers, però no sé on paren. I, de fet, no m'importa. Rafael canta allò de «Yo soy aquel», però jo tinc la clara i precisa consciència que no sóc gens en absolut aquell que ha emmagatzemat, a ratxes, els records.

És un dinar alegre, i el que mengem, jo, que sóc tan poc refinat, ho trobo boníssim, i a un preu més que acceptable. Brindem. Jo bec vi, i em puja de seguida al cap, perquè fa mil·lennis que no he tastat l'alcohol, fora d'alguna cervesa escadussera. Quan ja hem acabat i arriba l'hora de parlar, de parlar de debò, agraeixo el suau mareig del vi:

—Carles, tio, m'has d'ajudar. Com podré trobar feina?

—No sé res, de cap feina. Si vols puc donar veus, i, això... Espera't un moment.

I s'aboca sobre el seu iPhone i hi tecleja unes coses.

—Mira —fa al capdavall—, no et prometo res, però podria trobar-te una feina mal pagada però prestigiosa. Com estàs de quartos?

—Malament. Bé, he heretat un pis, així que, la vivenda, la tinc. Hi ha mobles i llums i objectes que crec que són de valor...

—Ui! T'estafaran, pots pujar-hi de peus. Te'n recordes de l'Artur Puig?

—Sí, és clar. També va venir amb nosaltres a Nova York.

—Escolta'm un consell, xato, sense acritud, eh? No esmentis tan sovint Nova York. Fas que la gent d'aquí cregui que et sents superior. Ja sé que no, però l'imaginari col·lectiu està fet de capes i capes de prejudicis, o, si vols, d'elaborades emocions.

—Entesos. Vull dir que puc anar tirant una temporada, però res més. Em defenso com a fotògraf, saps?, i...

—A Barcelona hi ha els millors fotògrafs, treu-t'ho del cap.

—Home...

—Veuràs: l'Institut d'Estudis Catalans fa una classe o un cicle de llatí per a estrangers, crec. Si vols hi truco i me n'assabento bé. Si ho faig des de la Facultat, tinc més opcions perquè m'escoltin.

—I l'Artur Puig? Per què l'esmentaves?

—Ah, ja! El seu pare dirigeix una casa de subhastes. Per què no li dius si poden fer-te un taxació? I que agafin les peces que es poden subhastar? La resta, ell mateix et donarà el contacte amb un buidapisos de confiança.

—Per què creus que l'Artur Puig m'hauria d'ajudar? A mi?

—Pel mateix motiu que t'ajudo jo.

(La mare, és clar.)

Ens donem les mans com uns cavallers i repeteix que en un parell de dies m'envia un whatsapp.

La casa. Onades de records ràpidament ofegats. Escorcolls que em resulten humiliants. La Maia ve a visitar-me amb la petita i dinem plegats. Crec que està lluny de la terra, com un globus infantil que una maneta maldestra ha deixat anar i puja i puja, fent una taqueta vermella en el blau serè del cel. I tanmateix, no li pregunto res. Ni tan sols de què viu. Ni què n'ha tret, de les joies. No sé ni el nom de la petita.

He pensat a vendre el pis, però m'han dit que el mercat immobiliari està fatal, i penso en la primera idea. El cas és que ara, a la meva edat, els pares em fan compassió, i els germans, una suau indiferència. L'Eduard continua travessat a la gola, però és que és tan pretensiós, tan milhomes! En canvi el seu fill, en Maur, és un xaval espavilat. I simpàtic.

He venut bastant bé els mobles, tot i que l'Eduard, que s'hi ha posat pel mig, s'afanya a dir que m'han estafat, petant la llengua i fent que no amb el cap. És d'aquelles persones que si et compres una moto diuen animal que no ho veus que hi ha tants i tants accidents? Hauries fet millor comprant-te un cotxe. I si et compres un cotxe et diuen mal fet, el trànsit a Barcelona és insuportable, hauries fet millor comprant-te un moto. Ell en sap més que tu. De tot i en tot. I més que les altres persones.

Doncs un cop venuts, n'he tret una pasta i he comprat mobles d'Ikea, còmodes, barats i alegres, i llums de paper japonès i un televisor mitjà per a les llargues nit d'insomni i un matalàs més tou que tots els que he tastat a la vida. La cuina no l'he reformada perquè, un cop neta, és còmoda i agradable. De vegades, com una doneta, compro flors i les poso dins un pitxer en l'ampit de la finestra. Acabaré comprant-me un gat? Sóc una vella solterona que ha destriat només els bons records i ha deixat que morin els dolents? El clima de Barcelona, ja no me'n recordava, invita a una grata mandra, al tranquil assossec de saber-te viu sense escarafalls. La vida no és magnífica, però té els seus moments.

La feina a l'Institut d'Estudis Catalans és reconfortant: les velles pissarres, les antigues oracions, aquell Ciceró tan eloqüent que posa el verb al final de tota la pàgina i et deixa en suspens a través del llarg paràgraf inquisitori, l'amable Juli Cèsar que transforma la guerra en un art, les picardies de Marcial. Els meus alumnes són seriosos i complidors; ni una sola vegada algú ha preguntat «I això per a què serveix?», aquella vella insolència mandrosa a la qual només pots contestar: «Per a què serveix la història? I la música? I la física? I la matemàtica? Si vols utilitat vés a una bona ferreteria i compra't cargols, piles, alicates i martells, i no perdis el temps fent servir els misteriosos circuits de la intel·ligència». Només hi vaig dos dies a la setmana i el salari, per tant, és baix. De moment, vaig fent, però aviat m'hauré d'espavilar.

I vet aquí que una tarda de dissabte, quan acabo de passar l'aspiradora, truca en Carles, el meu germà trapella. Quasi no l'he vist d'ençà que he tornat i hi he parlat en brevíssimes ocasions. No sé per què, m'alegra veure'l.

—No trobes que hauríem de parlar? —fa abans de saludar.

—Per què? I, sobretot, per a què?

—Perquè no hem parlat mai, de debò, tu i jo. Bé, aquella vegada que vam anar a patinar i em vas comprar un gelat sense que jo t'ho demanés. I el dia que li vam comprar al pare aquella cosa d'escriptori, te'n recordes? Per posar-hi sobres, o targetes.

—La va tirar a la paperera. Potser perquè tu i jo veiéssim què feia amb el nostre regal. Sé que vam fer estalvis, perquè era de pell, i de molt bon gust, com deia la Roseta, sí, sí, la de la botiga de davant de casa, no?

—Jo crec que ja n'hi ha prou de tant de ressentiment!

En Carles sospira, com si estigués més que tip de tot plegat i de tots plegats. Un camió o un autocar fa sonar insistentment el clàxon. És un soroll insuportable, que fa que vulguis fugir: abandonar la terra, embarcar-te en un transatlàntic, fer les vint mil llegües de viatge submarí, amagar-te a Itàlia, al barri vell de Nàpols, o millor a la plaça de la Constitució, on hi ha el Gambrinus, o deixar-te créixer les ales i acoblar-te a la V de les cigonyes que porten criatures penjades del bec. I això que aquest barri, Sants, és generalment acollidor. Estic davant del meu germà menor i ell em diu —ell a mi— que prou de ressentiment.

—De fet, mai no he estat ressentit amb tu. Feies unes bretolades que em feien esgarrifar. En el fons et tenia por. Jo mai hauria pogut. Mai.

—Però si era jo qui et tenia por a tu! Tan bones notes, tan competent en tot, els teus amics fets de ceràmica...

—Ceràmica?

—Vull dir rígids, i alhora tan fràgils. Oh sí, que sensibles que éreu tots!

—Va, passa. Vols un cafè?

—No tens cervesa?

—És clar.

En Carles no diu res dels canvis espectaculars al pis. Jo n'estic orgullós. En Carles sempre ha viscut en un món paral·lel al meu. Allà lluny.

—Has tret molta pasta dels mobles i de tot plegat?

—M'hauria anat millor si m'hagués venut el pis i fos en un pis més petit, de lloguer, i amb la butxaca plena.

—Està fotut, això de vendre.

—Això m'han dit.

—Escolta, què hi feies tant de temps, a Nova York?

—Bé, no és tant de temps: dos anys. Potser una mica més.

—Una mica més? Que em prens el pèl o estàs borratxo? Has estat més de cinc anys fora! La mare es moria de despit, sobretot perquè no escrivies ni telefonaves. Ni a nosaltres tampoc.

—Que he estat cinc anys a Nova York?

—Tio, desperta. Vius en un altre planeta o què?

El meu estupor encara s'alimentarà més de les descobertes sensacionals que em facilita en Carles, el germà amb qui amb prou feines havia parlat mai. M'explica com ha anat tot això de la Maia. Tenia uns nens, no? No, no, sí que estàs fotut, que t'han esborrat la memòria, a la Gran Poma? Sortia amb un tio de més de cinquanta tacos que tenia dos fillets, nen i nena, i ella se'n cuidava com una mare. Un dia la va deixar i ella va tenir una depressió tan gran que la vam tancar. Fa poc que ha sortit i sembla una altra: més dolça, més bona persona, fins i tot sentia compassió de la mare, i això que li covava un odi ferotge. Això sí que ho saps, no? A mi tant se me'n fotia, però vosaltres dos teniu ferides antigues, regal del pare i de la mare. Ja veus, uns infeliços que eren uns reprimits. I tot de sobte em va telefonar del Clínic, la Maia, vull dir, dient vine Carles que he tingut una nena. Ni una paraula sobre qui era el pare. Però està boja d'amor per la nena. Travessada de cap a peus per una passió que la societat aprova i aplaudeix. Ho saps, que té la síndrome de Down? Pobreta! També havia avisat l'Eduard però a tu no va gosar, perquè tu sí que havies tallat les arrels i ja no eres dels nostres.

Els nostres els nostres els nostres.

Quan la mare va tenir un altre atac de feridura, l'Eduard va dir que ja veuràs si l'aviso a aquell, l'americà, ves què s'ha pensat. No acabo d'entendre com la Conxa el suporta. Perquè ella és ben diferent. Deu ser bo al llit. Jo què sé. Ni m'importa. Que vinguessis era el que menys esperàvem. Diu l'Eduard que era per l'herència, però jo, que no et conec gens, sé que no és això, eh que no?

Que no que no que no.

—Saps que he xerrat bastant amb en Maur i que em cau bé?

—Ah, sí? Jo no l'he tractat gens. Com menys relació tingui amb l'Eduard més em durarà l'equilibri mental. Faig ioga, jo. I no te'n riguis, eh? I de què parleu, amb en Maur?

—Es dedica a fer samarretes i jo sóc fotògraf...

—Ah sí?

—I bastant bo. Però a la tercera foto va dir que era massa macabre, ja veus. Però és un bon paio. No com son pare.

—Fas fotos?

—Sí. Bastant bones.

—Això ja ho has dit.

De sobte esclata un tro que retruny a prop i la casa tremola esporuguida. Ens quedem parats, amb l'orella atenta. Sento la pluja i sembla que sóc capaç d'olorar-la i tot. La pluja de Barcelona és tan tangible! Aixeques el cap i l'entomes i sents que et renta les coïssors dels laberints que dus endins. Tinc un germà xerrant amb mi i no sento cap mena de malícia. En el fons, fins i tot l'Eduard em sembla solemne i, per tant, còmic.

—Vols quedar-te a sopar?

—També saps cuinar?

—El que millor faig és no contestar a una pregunta amb una altra pregunta.

—Bé. Tens patates braves?

—No.

—I hamburgueses?

—Això sí.

—Ho podré suportar.

En Carles m'ajuda a parar taula i fins i tot fa les hamburgueses mentre jo preparo una amanida verda. Diem banalitats i hi ha una cordialitat que no sé si ve de mi, d'ell, o de la meva casa agradable i íntima.

Ja sopats, en Carles em diu dues coses brutals, la primera sense reflexionar el mal que pot fer; la segona és com flairar un ram de roses fragants i acariciar el llom d'un gat ben educat.

—Saps, tio? La mare va patir molt per tu i el teu silenci. El metge va dir que, prenent-se les pastilles puntualment com ho feia, la segona feridura era per algun disgust molt fort.

—Mira que ets imbècil! M'estàs dient que la culpa és meva? Que jo la vaig matar? Ets repugnant.

—Coi, no t'enfilis! Tens ungles com urpes, i les treus com fan les donetes.

Silenci.

—Saps una altra cosa? La nena de la Maia. El seu nom.

—Quin nom?

—Ah, ni tan sols saps com es diu. Ets un marcià, tio.

Es diu Alexandra: el teu nom. No saps com t'envejàvem tots dos; bé, ella et tenia enveja i jo por. Diria que les nostres vides giraven al voltant de tu, amb tots dos, pare i mare, capficats en les pròpies negrors. Però era perquè estàvem enlluernats per la teva superioritat. Per ser tan diferent de tots els mediocres que ens envoltaven.

I aleshores em vaig posar a plorar.

Una setmana després em truca en Carles i em diu, saps on treballo? Crec que sí, que algú m'ho ha dit però m'ha fugit del cap.[54] Doncs ara treballo en una empresa de jocs d'ordinador. Es diu Amazing, i estic content. Saps també que les accions que vaig heretar eren força sucoses? Un dia has de venir a casa. Visc amb una preciosa noia que es diu Astrid. Bé per tu. No, no, no et telefono per presumir de res, Àlex. Et telefono perquè vas dir que feies unes poques classes i que t'estaves polint el que has tret per les coses del pis. Lamento haver-te atabalat amb els meus problemes. Que no, tio, mira que ets dur de closca quan vols! Et truco perquè a la meva empresa en Màrius, que és una mena d'encarregat (és una multinacional, nano), està buscant un fotògraf, que faci fotos i filmacions. L'equip el proporcionem nosaltres. I crec que paguen bé; vols provar-ho?

54. T'havien dit que era monitor de piscines, cap de suro!

VII

AMB UNGLES BRUTES

Camino. Camino. Camino. Els peus fan *flag-flag-flag*, com si fos l'onejar d'una bandera. La bandera esquinçada dels perdedors, dels rodamons, dels que fugen covardament i assenyada del perill. *Flag-flag-flag*. Porto, penjant de l'espatlla, la meva vella càmera i una moderna Handycam PJ810, que fa uns vídeos tan bons que pots dir que ets director de cinema i demostrar-ho. Me l'han proporcionat aquells xavals empresaris, autèntics hipsters menjamons: en Marc, en Tessi, en Brotons, en Juanca, en Nique. I és clar, en Carles.

Camino erràtic. Barcelona és gran i no tinc pressa. Si tinc gana, menjo, si tinc set, bec. Si estic cansat, reposo (de vegades a les baranes on aparquen les bicicletes). Ho ullo tot. Comprovo que els barcelonins han descobert el sol i seuen a terrasses enceses perquè ho han vist fer als forasters, i fan servir la bicicleta perquè han viatjat i ho han vist a llocs que els semblen lluminosos, com una novel·la de Ruyra.

Em sento bé. Els sentiments antics fan tuf de naftalina i, com que l'harmonia entre persones és una conquesta inútil, miro a la cara la gent i escolto el que em diuen i deixo de sentir. No tinc rancors, potser una mica de compassió. No és que jo em senti superior: és que he deixat de sentir. Les meves ferides ja no ragen i s'han tancat. A qui li importa, si deixen cicatrius? O és que això és un puto concurs de la tele?

Faig fotos absurdes, filmo escenes grotesques. Em compro un mòbil però sóc incapaç de passar les hores teclejant i el deixo mut i inútil a l'infern de la jaqueta. Barcelona em mira i jo li dic: on tens les fotos? Fes memòria, hòstia, Àlex! Aquesta ciutat t'havia agradat. Tot i que incòmoda i de vegades insuportable, amb un punt d'insolència i una onada de provincianisme. On és aquella Barcelona? On passejaves sol i ploraves d'amagat, pobre infeliç?

I aleshores vaig als «meus llocs»: el Laberint d'Horta, grandiós, la sàvia estructura de Sant Pau del Camp, el Centre Cívic del Guinardó o la bellesa tangible, obscura i humida, com el sexe, del barri gòtic, la mandrosa i excitant cervesa que prens al Zurich, el carrer de la Canuda i les seves gairebé londinenques botigues, i el jardinet de l'Ateneu: nostàlgia visible, física i real; les façanes de l'Eixample, l'impossible accés a la Sagrada Família, ocupat, com per hordes militars, pels turistes, la fragància nova i antiga del Museu Picasso, la casa Batlló, la casa Figueres (encara privada) al carrer de Bellesguard, les insòlites columnes de Puig i Cadafalch, recuperades, al fons de la font de Montjuïc;[55] les «golondrines» passades de moda i alhora plàcides, els dibuixos que ací i allà encatifen Barcelona, el deteriorat parc Cervantes, les feres del zoològic, que encara tenen urpes (i plomes), el parc de la Ciutadella, sorprenentment nou i amorós; el Born, convertit en el museu ideal per als ulls i per a l'experiència; els bars agra-

55. Van ser restituïdes gràcies a la tossuderia d'Enric Padrosa, que els déus el beneeixin.

dables, quasi íntims (el meu preferit: el Cafè Versalles, al carrer Gran de Sant Andreu, modernisme pur), que conserva la ciutat sense rebuig visible; i alhora els carteristes, l'excés de turistes, la brutícia, olors que pugen de les clavegueres i se't fiquen al cervell, el mar recuperat i el Tibidabo entranyable.

I jo faig fotos, o vídeos, que em costa més, però la feina és la feina, pertot arreu. Els jovencells que ara són els meus amos, amb una ignorància supina i alhora una astúcia comercial i informàtica per sobre de qualsevol lloança, m'ho compren tot. De fet ho «agafen» tot, i de tant en tant em donen un sobre (que es foti Hisenda, i que es fotin els estats i els seus impostos), més generós del que esperava. I anar fent. Tararí, tararí, tararí.

—Veus, tio? Aquesta sí que és bona!

I els desgraciats m'assenyalen un vídeo que havia fet de les arruguetes de l'aigua quan passa la golondrina.

—En canvi, aquesta, tio, és una cagada d'aquelles que pengen als museus.

I m'assenyalen la deessa de Clarà, a la plaça de Catalunya, amb una nítida ombra d'una dona prenyada: perfecta.

De fet, em passo molt de temps fent fotos i gravacions «útils», és a dir que puguin ser incorporades a un estúpid joc d'ordinador o quelcom de semblant. Per exemple, això de la golondrina va servir per filmar les onades cansades i primes del mar, o la foto d'un colom que arrenca el vol, o una criatura caiguda a terra (sense que se li veiés la cara, és clar) plorant de mal i d'aviciament, o les terboleses de les fulles, sovint pacífiques, dels plataners de l'Eixample. Tot això és utilitzable i em paguen, els meus empresaris adolescents i d'una ignorància aclaparadora i loquaç, com si se'n sentissin orgullosos. I jo, que visc modestament, ho entomo i somric i barbotejo alguna llatinada que els deixa absolutament indiferents. La paraula *cultura*, què vol dir exactament? Perquè ells són uns empresaris en potència i jo sóc un desgraciat que sap llatí i que ha après a fer servir una càmera. Les fotos sofisticades —algunes, ho he de dir, d'una bellesa esclatant i fèrtil— van al botó de «suprimir» tan aviat com les veuen. La bellesa els fereix els ulls, com una daga, i la utilitat els els fa brillar. I és evident que ells tenen raó, com tots els joves del món, i jo estic passat de moda i cansat d'escoltar-me i molt més d'explicar-me.

Un dia, de sobte, descobreixo alguna cosa que va més enllà, que em congela a mi i les meves frenètiques excursions urbanes i alhora em crema l'alè: la descoberta de Barcelona, tan senyora i tan degradada, tan esplèndida i tan gasiva, tan lluent i tan plena de parracs. Barcelona.

Perquè hi ha una altra Barcelona, sota el sòl urbà, un fenomen que no sé si passa a totes les ciutats, sota el fregadís dels peus, el xipolleig de la pluja, els cables tortuosos, les clavegueres, la fibra òptica, les pedres antigues —algunes, exposades al Born o als racons romans d'aquesta vella i bella ciutat—, els cadàvers dels vençuts. Allà a sota, hi ha les arrels. No com les dels arbres o les plantes, sinó de la gent que hi neix o que s'hi queda, la que forma el batec quotidià de la ciutat. Vaig descobrint-ho mentre recupero racons nous per a mi, mig vistos, quan m'havia limitat a vagarejar sense pensar, com havia estat vivint sense adonar-me realment de res.

Veig *L'estel ferit*, l'escultura de Rebecca Horn; el pont modernista de la plaça de Mons; el mirador de Torre Baró; l'ascensor del carrer d'Alcàntara; prenc un cafè fragant i únic als 4 Gats, commogut com si fos un vell o un ressuscitat; i veig Rovira i Trias assegut en un banc, l'arquitecte que havia guanyat el concurs de l'Eixample, però Madrid va preferir Cerdà, oi que és curiós?; l'esplanada del parc del Fòrum; la lletja i inquietant estàtua dels mistos; el palau de les Heures; la bateria antiaèria del turó de la Rovira (on faig fotos magnífiques i inevitables); el carrer de la Barra de Ferro, deliciós; la sempre solemne i esplèndida Biblioteca de Catalunya; la terrassa de l'Hotel Barceló Raval; el Bosc de les Fades, a l'entrada del Museu de Cera; la gloriosa església de Santa Anna; vaig a veure les oques de la catedral i miro aquell Crist sofrent que ja no commou perquè les icones només es representen a si mateixes; la Casa Fuster; la Nau Ivanow, que havia estat fàbrica de pintures; Can Carasses, que procedeix del 1611; la Casa Orlandai...

Vull enterrar les mans en el sòl aspre de Barcelona, tocar endins endins, palpar el punt exacte d'on emana l'energia d'aquesta ciutat, embrutar-me les ungles de terra... Ah, el gran Estellés![56]

M'aclame a tu, mare de terra sola,
arrape els teus genolls amb ungles brutes.
Invoque un nom o secreta consigna,
mare de pols, segrestada esperança.

Vull oblidar que vaig ser un nen infeliç, perquè els pares, la tan escatainada família, no són més que els portadors directes del teixit. El teixit on tu ets, amb tots els altres, lladres i cavallers, meuques i dames, covards i ardits, tots els colors de la pell, totes les sexualitats, i la dosi de candi-

56. I més encara cantat per Ovidi Montllor.

desa i de curiositat que ens fa ser persones, i els desnodrits i els farts, i els opulents i els desnonats, i les dones maques i les dones lletges, i els homes guerxos i els homes atractius, i la dona vulgar que crida al metro i la professora de matemàtiques que et fa bullir el cap, posant-lo en efervescència, i el traçut amb els pinzells i el maldestre, i el que diu les paraules justes i el que les malgasta, i el fotògraf que fa fotos per a jocs infantils disfressats de jocs d'adults i el fotògraf que mira el món quan el món el mira a ell, i els creatius i els qui només gasten estereotips, i els aduladors i els generosos, i els fanàtics i els escèptics, tots, tots plegats, en un sol teixit: sí: sóc una fibra menuda d'un teixit immens, com tothom, i ens reconeixem i ens parlem la mateixa llengua perquè formem part del mateix formiguer, de la mateixa colònia o constel·lació o cenacle o plèiade.

Allò antic està cobert de pols i de mica en mica va desintegrant-se. I Virgili és etern, perquè hi ha el que és necessari i el que és contingent. Fora, fora de sobre meu tota la basarda inútil! Vull ficar les mans sota la pell de Barcelona i palpar les meves entranyes, que són una entranya comuna. Qui forma les opinions? El raciocini o les emocions?

Ara camino amb el vídeo i la càmera i em sento ple de mi mateix i dels altres. Perquè començo en els altres i acabo en els altres, i sóc una neurona enllaçada per dendrites invisibles a les altres neurones. I així pensem i sentim i riem de riures propis. I tanmateix, ens contemplem en les altres constel·lacions i sabem el secret les unes de les altres.

Em sento descarregat de culpa i de rancors, em sento indiferent als ardors: la fredor irresponsable d'uns pares sumada a la meva susceptibilitat neuròtica. I veig i escolto polítics, alguns carregats de bona fe i d'altres astuts.[57] Observo que hi ha una democràcia ornamental i uns parlaments ornamentals, perquè les diferències entre rics i pobres no minva en un sistema més just de govern.

I jo sóc aquí mirant les coses, entomant l'aire fresc o la pluja menuda i fent preguntes que no tenen resposta i que són valuoses també sense resposta.

Jo sóc jo. I sóc els altres. Barcelona sóc jo i jo sóc Barcelona.

Al llit, m'abraço els genolls com feia quan era infant i noto la meva llengua humida i el meu sexe que batega, perquè té fam. Tot es redueix a contemplar la crueltat i la infàmia fàtua i l'estupidesa, tot i saber que estic obligat a compensar-les. Perquè sí. Perquè tinc ganes de compensar.

Sóc un vas buit, com tothom, potser l'anomenen ADN, i el formiguer hi fa la resta, l'antiga polèmica dels pares de tot, que són els grecs antics. Sóc una formiga i segueixo el traç que van marcant les altres. Tot és comú. Excepte una cosa (a part de la intel·ligència): l'amor, que només pot ser individual, malgrat les religions, que advoquen per l'amor (impossible) universal. Sí, sí, l'amor. Meu i només meu.

A fora, lluny, en lloc recòndit, hi rau ell.

El meu Jonàs.

FI

57. Ho saps, Àlex, que ser llest o astut o espavilat és justament el contrari de ser intel·ligent?

Invisible Hands

Invisible Hands

FABRICATION, FORGERY, AND THE ART OF ISLAMIC CERAMICS

Margaret S. Graves

PRINCETON UNIVERSITY PRESS
PRINCETON AND OXFORD

Published by Princeton University Press, 41 William Street, Princeton, New Jersey 08540

In the United Kingdom: Princeton University Press, 99 Banbury Road, Oxford OX2 6JX

GPSR Authorized Representative: Easy Access System Europe - Mustamäe tee 50, 10621 Tallinn, Estonia, gpsr.requests @easproject.com

press.princeton.edu

Brethren of Purity epigraph from *On Composition and the Arts*, trans. Nader El-Bizri (Oxford University Press, 2018), 150–51

Illustrations in front matter: p. ii, detail of fig. 3.28; p. vi, detail of fig. 1.6B

Illustrations in chapter openers: p. 28, detail of fig. 1.11; p. 62, detail of fig. 2.38; p. 122, detail of fig. 3.39; p. 184, detail of fig. 4.16; p. 220, detail of fig. 5.26; p. 264, detail of fig. 6.3

Jacket images: (*front*) Detail of fragments from a disassembled so-called mina'i ware bowl, Iran, 1180. © The Fitzwilliam Museum, University of Cambridge. (*back*) Bottle, glazed stone-paste(?) with modern materials and gilding. Height approx. 28 cm. Cincinnati Art Museum, Museum Purchase, 1952.257. Photograph by Rob Deslongchamps, courtesy of Cincinnati Art Museum

ISBN 9780691279749
ISBN (e-book) 9780691279756

Library of Congress Control Number: 2025933393

British Library Cataloging-in-Publication Data is available

Editorial: Michelle Komie and Annie Miller
Production Editorial: Sara Lerner
Text and Cover Design: Monograph / Matt Avery
Production: Steven Sears
Publicity: Jodi Price

This book has been composed in Source Serif

Printed in Italy

10 9 8 7 6 5 4 3 2 1

FSC www.fsc.org MIX Paper | Supporting responsible forestry FSC® C016466

Know, my brother, that all the people are makers and merchant-traders, rich and poor. For the makers are those who labour through their bodies and the use of their tools to set the forms, engravings, dyes, and shapes in their products. Their purpose is to be remunerated for their manufactures in [serving] the goodness of worldly living. The merchants are the ones who trade through demand and supply transactions, and their aim is to seek increases in what they receive over what they give. The wealthy are the ones who possess these natural and manufactured objects, and the objective of collecting and preserving them comes out of a concern they might fall into poverty.

—THE BRETHREN OF PURITY, *Epistle 8*, tenth century

Don't try to fake it, try to invent it.

—KUBACHI PROVERB

Contents

Note on Transliteration

For the transliteration of words, names, and titles from Arabic, Persian, and Ottoman Turkish, this text follows a modified version of the transliteration system used by the *International Journal of Middle East Studies*, without macrons and diacritics apart from those indicating *ʿayn* (ʿ) and *hamza* (ʾ). The exception is quotations from secondary sources that use macrons and diacritics in their own transliteration, which have been retained. Words from foreign languages have been italicized unless they appear in standard English-language dictionaries, in which case they are given in Anglicized form without italicization. The ceramic term *minaʾi* appears frequently throughout and has not been italicized after first use. Translations are by the author unless otherwise indicated.

Invisible Hands

I.1. Aquamanile, glazed stonepaste with overglaze luster and modern material. Original material attributed Iran, late 12th/13th century. Height 14.6 cm. Eskenazi Museum of Art, Indiana University, 60.58.

Introduction

FICTIONS OF CAPITAL

Time is the most precious capital, and with it every happiness is acquired, but little by little it dissipates.

—AL-QAZWINI, *The Wonders of Creation and Marvels of Existence*, thirteenth century

Capitalism's fictitious objects have left strange traces in the archives of modern history. In the courts of eighteenth- and nineteenth-century Syria, moneylenders circumvented Islamic law's formal proscription on earning interest by inserting imaginary commodities into loan agreements. In contracts for *bayʿ wafaʾ* (a type of loan secured against immovable property), fictitious goods enabled creditors to charge and receive interest. In the eighteenth century, these financial fictions were measured in quantities of soap; in the nineteenth, clocks.[1] James Reilly has shown that the "price" of the imaginary clock or watch (*saʿa*) in those nineteenth-century contracts amounted to interest or profit for the creditor, paid to them in monthly installments, with the arrangement openly acknowledged in some documents as an artifice.[2] Timepieces were presumably chosen for this role because they represented small, eminently exchangeable high-value assets—a neater fiction to conjure into existence than piles of nonexistent soap. It is hard to imagine a better symbol of capitalism's chimeric powers of generation than all those imaginary clocks lying forgotten in court archives, quietly ticking out the accelerating time of money.

This is a book about faking, forging, and fictionalizing medieval ceramics from the Islamic world. It is also a book about extracting, buying, selling, and investing in antiquities, and the curious physical transformations that money can effect upon objects. In the collected corpus of Islamic ceramics, two kinds of history—the long art histories of material objects, and the economic history of the colonial-era Middle East—fuse into each other. Together they tell the story of an entire body of craft skills that has been disavowed, concealed, and forgotten; crafts that have the power to create glamour and enchant onlookers, make the broken become whole, cast the shadows of time where they have not yet fallen, and launch a thousand imagined pasts. Some of the smallest exemplars of these skills, like the little aquamanile explored in depth in chapter 3, have the most to reveal when we attend to them closely (fig. I.1). But I have opened this book among the imaginary clocks of finance because they represent the strange structures that beat the heart of the antiquities market. The dizzying instabilities of the modern financial industry and its capacity to create money out of nothing—money that can then disappear again when markets collapse—are important to this story. Even more important than imaginary money, though, is the nature of assets, and what happens when the physical matter of history—here mostly potsherds, but elsewhere manuscripts, architectural decoration, and all the other residues of the physical past—gets translated into numbers and entered onto a balance sheet.

This introduction sets the stage by asking when and how and why people have fabricated and then circulated physical history, especially that which purports to represent the past of the region known conventionally as the Middle East, as well as what we should call it and why it matters. First, it briefly explores the words we use to describe inauthentic artworks, before turning to the political and cultural economies in which they have been created and circulated, and the material challenges faced by those craftspeople who turned their skills to the creation of fictive antiquities. It then explores the reprographic technologies and visual remediation that helped bring both the modern antiquities market and its attendant spectrum of forged, doctored, and fabricated material culture into being. Finally, the introduction returns to the financial industry's extraordinary powers of transubstantiation that turn artifacts into assets, showing how these have underpinned the workings of the antiquities market from the past to the present, underwriting all the subjects of this book in the process.

Fake, Forgery, Fabrication

Every collection of historic ceramics from the Islamic world will contain composite objects, pastiches, and perhaps some whole-cloth forgeries, but not every custodian of those pieces is in a position to tell the stories that hide behind the glamorous surfaces.[3] Research in collections and archives requires time and money for travel to far-flung institutions, while technical analysis can be prohibitively expensive and difficult to arrange if you don't have laboratory facilities on your doorstep. More insidious are the barriers to transparency about condition that come from private interests and impact even public museums via donors, dealers, trustees, and the collectors who might one day be persuaded to donate or sell their artworks to the institution. Put bluntly, the collectors' market for Islamic ceramics has a tremendous interest in maintaining the fiction of the intact object, and it is very difficult for scholarship to operate completely outside of that ecology.

A vast range of deceptive modifications have been practiced on the ceramics of the premodern Middle East as they made their way to market, and huge amounts of skilled labor have been expended on making these objects of desire. That labor has rarely been recognized for what it is: a major form of embodied craft skill. The commercial narratives of the antiquities market usually prefer to gloss over modifications, while scholarship has, with a few specialized exceptions, expended most of its energy on parsing out original material from modern interventions and trying to clean the present off the past. Both have tended to ignore the unknown artisans who did this work, frequently treating their art as a distasteful or distracting interruption in the life of the object. Only a few art historians, Oliver Watson chief among them, have sought transparency about physical condition within the corpus of Islamic ceramics as a means of telling a larger art history of collected objects.[4] This book, then, is not only about ceramics but also about acknowledging skills that have not yet received their due. It is also about the unstable natures of history and authenticity, and what it means to try to extract those intangible things from physical artifacts that have journeyed through a modern global marketplace. Therefore, the first point of order is to clarify terminology. I attempt to set the terms as simply as possible before turning to the vexed question of how we write about inauthentic artworks.

Almost every study of inauthenticity in art acknowledges the slippery nature of the available terminology, and many authors have laid out their working parameters for words like "fake" and "forgery" at some length. Dictionary definitions are not as helpful as one might hope, but in standard English-language contexts there is an overall difference in tenor between the words "fake" and "forgery." A fake is something that is not what it purports or is purported to be, and the word can be used for a bewildering variety of things from handbags to body parts to social self-presentation. A forgery is something made in fraudulent imitation of something else with the specific and deliberate intention to deceive. Thus, "fake" is a status that an object could acquire through lots of different routes, including postproduction sleight of hand on the market. The status of forgery, on the other hand, is definitively dependent on the initial intent of the maker(s) at the point of production. For something to be a forgery, it must have been intended from the moment of its inception and creation to be perceived by a human audience as something it is not.[5]

Throughout this book I have reserved the relatively narrow term "forgery" for clear-cut cases where objects have demonstrably been made from scratch with an express intention to deceive. Several such cases are discussed in this introduction. I have veered away from the word "fake," with its confusingly broad applications, except when referring to general phenomena. "Fake" tends to subsume all nuance and particularity into negative judgment, eliding the very activities that this book seeks to excavate: that is, the physical alteration and invention of historical ceramics for sale on the antiquities market. An extraordinary number of degrees and types of remaking are possible with old ceramics, as this book shows, and determining intention to deceive is often contingent on both material and transactional evidence. To this end, I have favored "fabrication" as a word that brings the material skill and improvisational ingenuity of all such interventions back into view.

There is, of course, a substantial literature on the forgery of art and antiquities, with varied aims and intentions. Much of the writing from the early twentieth century is premised on educating the buying public so they can learn to spot the inauthentic.[6] Such primers frequently incorporate an element of the "gotcha" narrative, taking pleasure in exposing the tricks that might catch out the unwary. Often, this type of writing lingers over the ingenuity of the forger and the credulity of those who were taken in—especially when the latter were supposed to be experts. The gotcha element in these texts is ostensibly part of a didactic and educational mission to aid potential buyers, but much of the time it seems geared toward entertaining a readership fostered on detective

I.2. T. G. Wakeling, *Forged Egyptian Antiquities* (London: Adam and Charles Black, 1912), plate VIII.

fiction and the "indiciary paradigm" of physical clues.[7] One such example of early forgery literature, T. G. Wakeling's color-illustrated *Forged Egyptian Antiquities* of 1912, states its mission to be educational—in large part so that experts such as him will be spared the social discomfort of being asked to give opinions on forgeries unwittingly purchased by travelers in Egypt, like the endless new-made "Ancient Egyptian" scarabs being produced by local and European craftsmen (fig. I.2).[8] But in reality, most of the audience for this book must have been the library-going public of Great Britain, unlikely to travel to Cairo to buy antiquities but able to enjoy Wakeling's anecdotes of detective work and exotic roguery from the comfort of their own homes. The twin threads of buyer's guide and gotcha narrative are intertwined throughout the history of forgery literature as a genre, and have also found expression in a number of exhibitions calling attention to fakes and forgeries in art.[9]

Within the literature of collecting and connoisseurship that surrounds the so-called decorative arts—ceramics, woodwork, metalwork, glass, stonecarving—much of the writing on fakes and forgeries has concerned itself with policing the evidence base and cleansing it of inauthenticities. Less often stated is the rude economic truth underpinning some of those anxieties: exposure of faking and forgery can decimate the financial value of investments. Across the entire globe, the nineteenth- and twentieth-century antiquities markets turned historical artifacts into financial assets. The "decorative arts"

I.3. Leopoldo Batres, *Antigüedades mejicanas falsificadas: Falsificación y falsificadores* (Mexico City: Fidencio S. Soria, 1910), plate 5.

were extracted from every corner of the earth, creating new industries of faking and forgery, and with them, new genres of writing about inauthenticity.[10] The 1910 publication of Leopoldo Batres's book *Antigüedades mejicanas falsificadas*, with over two hundred objects from the Museo Nacional de México illustrated in photographic plates, exemplifies one of the didactic strains in forgery study. Through its text and illustrations the book makes itself a specimen cabinet of paradigmatic falsifications, as the author parses the inventory of the museum's archaeological collections, sifting new antiquities from old and establishing his own authority as the adjudicator of authenticity.[11] It even includes photographs of the Barrios brothers of San Juan Teotihuacan with the molds they used for manufacturing new-made "antiquities" from earthenware, giving a rare glimpse of individual craftsmen and their modes of working within a frenetic antiquities market (fig. I.3).

Finally, there is another distinct strand in art forgery studies that has tended to focus on the philosophical implications of forgery, riffing on the borderlines between truth and falsehood.[12] A small group of celebrity painting forgers come up over and over again within this subgenre, especially Hans Van Meegeren and Elmyr de Hory, the latter being the focus of Orson Welles's film *F for Fake*. More recent figures, including Wolfgang Beltracchi and Pei-Shen Qian, are surely already being incorporated into this canon as well.[13] This branch of forgery literature delights in staging the forger as a master trickster, a twisted genius making collectors and institutions dance to his tune and leading us all into an existential hinterland of unstable realities. Within this celebratory discourse the forger is always a man, and most often a white European. This particular branch of writing about art forgery may offer a certain kind of entertainment, but it does not generate a lot of insights among the so-called decorative arts. These usually come to us unauthored and therefore, forged or not, cannot be turned so easily into fodder for narratives of individual genius.

The question of creators looms large in this book, although they remain elusive. The invisible hands of colonial-era ceramics fabrication are usually not filled out with names, identities, families, or written records of what those craftspeople thought about the world they lived in and the work they did. We can catch stray glimpses of them, however, in the background of certain episodes from the history of antiquities forgery, and it is to such concrete episodes that this introduction now turns. The motivations for creating and circulating new "antiquities" that supposedly originated in the ancient and medieval Middle East have been many and various. For the Europeans and North Americans who constituted the primary market for most such ventures from the second half of the nineteenth century onward, the Middle East was a region of the mind that mixed together the Holy Land of Biblical origins, Europe's exotic "Other," and a vast quarry for the extraction of history. When those projective desires met local craft knowledge, the result was a market in fabricated history.

Writing New Histories in Stone and Clay

The modern science of archaeology developed in part out of quests by European Christians to confirm the veracity of the Bible. This created a special platform for forgeries that purported to confirm or invoke Biblical history, especially those that bore "ancient" writing. By the era of the European Enlightenment, when texts and material objects were becoming formalized as evidentiary categories and collecting cultures were starting to solidify into structured markets, quests for Biblical proof were already giving rise to forgeries. Sometimes these were made far from the Holy Land itself. One of the great hoaxes of the eighteenth century was the Lügensteine ("lying stones") created in 1725 to dupe Johann Bartholomew Beringer (1667–1740). These falsified fossils were manufactured by Beringer's colleagues at Würzburg University and distributed around Mount Eibelstadt for his specimen seekers to find, with the express intention of discrediting and humiliating Beringer. (Academics can be *so* cruel.) The prank became a career-damaging scandal when Beringer decided to publish his remarkable collection as a book, complete with printed plates. In addition to highly fanciful carvings of insects, plants, animals, and even heavenly bodies petrified in stone, one group of the Lügensteine comprised, in Beringer's words, "magnificent tablets engraved in Latin, Arabic, and Hebrew characters with the ineffable name of Jehova" (fig. I.4).[14] The nature of fossil formation being as yet undetermined, Beringer speculated that these characters could have been formed through the action of light carrying impressions of words and imprinting them onto matter—an idea that must have seemed no more or less incredible than other theories of immanent geological trace emerging in the fevered academic environment of eighteenth-century Europe.[15] The state of flux around fundamental questions of matter, belief, and the legibility of stones made the Lügensteine hoax possible in the same instant that it also made Beringer's acceptance of it risible among his peers.

I.4. Johan Bartholomäus Adam Beringer, *Lithographiae Wirceburgensis, Ducentis Lapidum Figuratorum* (Würzburg: Mark Anton Engmann for Philipp Wilhelm Fuggart, 1726), plate 7.

One hundred and thirty-five years after the Lügensteine were carved, two stones inscribed with Hebrew script (both modern and archaic) were supposedly found in earthworks in Ohio in 1860. The most famous of these is the so-called Decalogue Stone (fig. I.5), an arch-shaped piece of black limestone carved with an inscription in archaicizing Hebrew characters and a vaguely Near Eastern-ish image of a standing man (the latter quite possibly cribbed from *Discoveries Among the Ruins of Nineveh and Babylon,* published in 1853 by Sir Austen Henry Layard, English excavator and founding chairman of the board of the first Ottoman Bank).[16] Although the Ohio stones were quickly recognized as forgeries in some quarters, in others they were heralded as proof of a theory that the earthworks and mound structures of pre-Columbian North America were built not by indigenous peoples but by the Lost Tribes of Israel.[17] The Ohio stones were created at a time when archaeology was in its infancy in the United States and arguments about the origins of humanity—and especially the nature of "the races"—were violently animated by the immediate political issue of slavery.[18] Risible as the Lost Tribes theory may sound to some, it is a foundational tenet of that remarkable document of nineteenth-century American religious fervor, The Book of Mormon. The

I.5. Decalogue Stone, carved limestone. United States, ca. 1860. Johnson-Humrickhouse Museum, Coshocton, Ohio.

Decalogue Stone might originally have been a prank, like Beringer's Lügensteine, but it has come to be an object of belief that represents a deeply held version of history.

As the creators of the Lügensteine and the Ohio Decalogue Stone well knew, carved stone inscriptions carry their own authority within Judeo-Christian environments, where the archetype of the stone tablets of Moses is reliably present in the collective consciousness. Stonecarving is, however, very difficult to do skillfully—see the clumsy letters on the Decalogue Stone—and it is easy to see why antiquities forgers might favor more plastic media.[19] After encountering these two early forgeries crafted in stone to serve as "evidence" in intellectual and theological debates, it is striking that large-scale market-driven forgeries of the later nineteenth century were often conducted through clay. In theory, unglazed earthenware presents the least technically demanding medium of pottery forgery, but its deceptive simplicity has lured some craftspeople and dealers into overestimating their own ability to turn a convincing modern forgery out onto the market—especially in the perennially appealing realm of the figurine.[20]

In the 1870s and '80s, hundreds of so-called Asiatic Terracotta forgeries of Greek earthenware sculptural figurines were offered for sale to European and Ottoman collectors (fig. I.6).[21] The scale of production and success of the deception was such that some 20 percent of the figurines of this type in the Berlin Antikensammlung have been shown by thermoluminescence testing (see chapter 5) to be modern creations.[22] Certain private collectors fared even worse: all fifteen of the figure groups of this type bought by the Havemeyer family of New York are now thought to be modern.[23] The identities of the craftspeople responsible for the forged Asiatic Terracottas were never settled, but Athens has been suggested as the likely point of origin. Hypotheses of the time included an Italian with high-level training in sculpture who established a forgery workshop in the city that then undid itself through its own overproduction. One wonders, however, if this projection of Italian artistic supremacy over Greek is based on evidence, prejudice, or a mixture of the two.[24]

The late nineteenth-century Asiatic Terracottas illustrate an important material truism of ceramics forgery, one that appears again in this book. They sometimes incorporate deliberate fractures and repairs, which can be an integral part of the forger's process.[25] In the twentieth century, forged antiquities were sometimes even given to professional restorers in a damaged state so their reconstruction from fragments would be documented, making the restorer into a witting or unwitting "launderer" of authenticity.[26] In the case of the Asiatic Terracotta forgeries, one identifiable characteristic is a tendency—against all logic—for the breaks in the earthenware body to lie on the backs and bases of the figurines and not on projecting parts, or for heads and arms to be delicately broken off and reattached without any disfiguring

I.6. So-called Asiatic Terracotta forgery, fired earthenware with pigment. Probably Greece, late 19th century. Height 25.5 cm. Harvard Art Museums/Arthur M. Sackler Museum, 1920.44.98, Gift of the Misses Norton.

loss of material. As a contemporary commentator noted, "[the modern craftsmen] had not the heart to damage the more dignified portions of their works, the freely-modelled parts that had cost them so much trouble. We see, therefore, in spurious figures and groups fractures which confine themselves, in a manner contrary to all reason, to the base or the back of the figures or groups, while they dexterously avoid the heads, hands, wings, fans and other projecting portions."[27]

Salim al-Kari, Islam Akhun, and the Value of the Past

Around the same time that the unknown creators of the Asiatic Terracottas were laboring over their figurines, the lure of unglazed earthenware led a Jerusalem artist named Salim al-Kari and his collaborator, the antiquities dealer and sometime missionary Moses Wilhelm Shapira (1830–1884), to invent an entire material history in clay. Like the creators of the Asiatic Terracottas, they might possibly have escaped detection for longer if they had not produced such large quantities of material. Al-Kari, whose name identifies him as a craftsman (from the Arabic *kar*, meaning work or workmanship), was an Arab Christian with a business making icon paintings to sell to the Orthodox Christian pilgrims who streamed to the city of Jerusalem.[28] His partner-in-production Shapira is now remembered mainly for his role in a Biblical papyrus forgery of 1883. Shapira was born to a Jewish family in what is now Ukraine before migrating to Jerusalem and converting to Protestant Christianity in the mid nineteenth century.[29] As is shown in chapter 1, these points of religious and ethnic identity have potential significance in the turn-of-the-century antiquities market.

Al-Kari and Shapira's intervention into the rising antiquities market of the 1870s was sparked by the excitement surrounding a genuine ancient artifact, the Moabite stele. This black stone slab, found in Dhiban (in modern-day Jordan), first came to antiquarian attention in 1868. It was inscribed in an ancient Semitic language in the ninth century BCE; its content, which parallels the Biblical account of the Moabite king Mesha, was immediately seized upon as confirmation of the veracity of the Bible. Recognizing the frenzied desire among European collectors for more of the same, al-Kari and Shapira began in 1872 to manufacture thousands of modern Moabite artifacts, a large tranche of them being bought by the Royal Museum in Berlin in 1873. Charles-Simon Clermont-Ganneau, a French dragoman (translator for merchants and government agents) living in Jerusalem, unmasked the affair and exposed al-Kari and Shapira's fraud in a series of publications. He tracked al-Kari's activities through conversations with the potters of Jerusalem, who told him that al-Kari and his father used local clay to create figurines and tablets to which al-Kari added pseudo-Canaanite characters. Many of these characters were copied from the genuine inscription on the Moabite stele but applied to the pottery in mostly nonsensical order. By Clermont-Ganneau's report, al-Kari also worked with local potters who made wheel-thrown vessels for him, which he then adorned with "inscriptions" before firing the pieces in their kilns. The pottery was artificially aged after firing by soaking it in a nitrate solution to mimic deposits found in the soil at the area of its purported discovery.[30] Shapira and al-Kari even went as far as staging excavations in the 1870s,

I.7. *Moabite Pottery in Mr. Shapira's Shop*. Photograph by H. H. Kitchener, 1874. Palestine Exploration Fund, PEF-P-5111.

with their new-made antiquities carefully buried beforehand, to demonstrate the authenticity of their goods to excited buyers.[31]

Records of the "Moabite" pottery made by al-Kari and sold by Shapira survive in a remarkable group of drawings and watercolor paintings made by a British lieutenant named Claude R. Conder. To judge from the paintings by Conder, Shapira's stock included not only the public-facing figurines recorded in two surviving photographs (fig. I.7), but also a backroom supply of sexual subject matter (fig. I.8). Five extant sheets of Conder's paintings are labeled "Phallic"—some of them also annotated "not to be published"—and depict animate phalluses, figures with exaggerated genitalia, and a startlingly graphic earthenware pudendum.[32] Conder's paintings and the surviving photographs of Shapira's Moabite stock reveal inventive hands at work in clay, trying to create things that looked convincingly "primitive." And yet the pieces now immediately betray nineteenth-century sensibilities, especially when viewed *en groupe*. This is evident not only in the prurient subjects and the oddly modern-looking hooded eyes of some of the figures, but also in the exaggerated presence of outsize, undamaged letters on the front and back of the objects, applied in barbotine or incised into the clay body. Tellingly, it is as if the inscriptions had been intended from the outset for mediation through print or photographic reproduction, for the delectation of philologists and armchair travelers.[33] The creators of these modern "Moabite" materials likely drew upon the hodgepodge of available reproductions of ancient artifacts coming to light in the arms race of nineteenth-century archaeology

Pl. 8
Ashtaroth ?
Mr Shapira's Collection Jerusalem
Full Size
Claude R Conder Lt RE
8th Augst 72

in the Holy Land and Mesopotamia, in addition to firsthand viewings of the Moabite stone itself.[34]

Perhaps inevitably, Shapira's name has come to have its own luster on the market. As Michael Press has shown, objects that may have nothing to do with him are now promoted and sold as "Shapira forgeries."[35] The trope of the lone male forger-genius is so appealing, and so powerfully lodged in the modern imagination, that it tends to bend the evidence around it to fit itself. It also carries some distinctly racialized baggage. When Clermont-Ganneau wrote up his investigation of the Moabite pottery in tones of high indignation in the late nineteenth century, he was confident the main craftsman and real mastermind of the episode was al-Kari—in spite of the somewhat predictable protestations from some European commentators that "it is impossible to conceive that an Arab created these quantities of statuettes and vases covered with Moabite inscriptions."[36] But when the affair has been presented in more recent writings as an enjoyable trickster romp, the portion of genius has accrued to Shapira. In recent accounts al-Kari has become Shapira's mute factotum, the unthinking hands to Shapira's brain.[37] It is a striking truth of antiquities forgeries that the indigenous craftsman may be permitted center stage when blame is being apportioned, but once the balance has settled in favor of genius, he will usually be eclipsed by the nearest white or white-approximating man, often an extraterritorial dealer or equivalent figure.

That said, one of few subaltern figures of the colonial era who is now recognized in the annals of forgery in his own right is Islam Akhun (active ca. 1894–1901). At the eastern end of the Islamic world, the oasis town of Khotan in modern-day Xinjiang became a locus for foreign collectors at the end of the nineteenth century as the British and Russian empires played out the territorial maneuvers of the Great Game.[38] Observing the prices foreigners would pay for the historical manuscripts that had started to come to light in the Taklamakan desert—and that none of those foreign buyers could read the pages they were so keen to acquire—Islam Akhun and his collaborators manufactured a series of manuscripts written in made-up scripts. At first these were handwritten, before someone realized blockprinting on artificially aged paper was a more efficient means of production (fig. I.9). One report from the time tells that the woodblocks were prepared by a cotton-printer, giving a tantalizing glimpse of local craft knowledge, tools, and materials being repurposed to the new commodity system of the global antiquities market.[39]

For a few years Islam Akhun and company were able to sell a substantial number of these forged manuscripts and woodblock books to foreign diplomats and travelers, before suspicions became too great. In 1901 the Hungarian British traveler Aurel Stein confronted Islam Akhun with the deception and induced him to tell the whole story, which Stein then published.[40] More recent research shows that Islam Akhun's workshop did not limit itself to the now well-known manuscript and blockprint forgeries, but also produced and sold fired earthenware objects.[41] Forgeries of antique earthenware figurines and vessels were being made concurrently in Russian Turkestan, and it is hardly surprising that Islam Akhun and his workshop would have tried their hand at earthenware figurines as well.[42] The most arresting to come to light so far is the wonderful and absurd figurine of the evil king Zahhak of Persian myth, held in the Hermitage Museum since its acquisition in the early

I.8. Claude R. Conder, *Ashtaroth? Mr. Shapira's Collection, Jerusalem.* Watercolor painting. Jerusalem, 1872. Palestine Exploration Fund, PEF-PI-233.

I.9. Islam Akhun and workshop, manuscript forgery, woodblock print on paper. Sold to George Macartney in Kashgar, 1896. Length 21 cm. British Library, Or.13873/2.

twentieth century from Nikolai Fyodorovich Petrovsky (1837–1908), Russian consul to Kashgar (fig. I.10). The large scale and unwieldy form of this figure must have presented serious challenges for firing, and its successful execution certainly attests to the involvement of knowledgeable potters. Painstaking research by Pavel Lurje and his colleagues has revealed the path traveled by this and related earthenware objects now in St. Petersburg and Berlin, a path that leads back directly to the Khotan workshops of Islam Akhun and his collaborators.[43] Thermoluminescence testing in 2013 confirmed what stylistic analysis and archival research already announced: the Zahhak figurine was last fired between 100 and 150 years ago, and is not an antiquity but a modern forgery. Most interesting is a point raised by the Russian scholars: the Khotan Zahhak forgery is neither a direct imitation of any genuine historical material nor one aligned along the edges of any identifiable categories of local antiquity. Rather, it is a creation of the imagination built from ideas about the pre-Muslim past of the region that were held by its late nineteenth-century Muslim inhabitants.[44] Unglazed, fired earthenware proved to be the perfect plastic medium for confecting a highly imaginative piece of physical history that could be sold to eager agents of empire.

In economic environments where the artifacts of the past had some monetary value in immediate society but enormous value to foreigners, Salim al-Kari, Islam Akhun, and others correctly estimated that successful forgeries could be made from base materials with some local exchange value but no international worth, like clay, wood, and paper. The abstract financial value of antiquity was thus successfully embodied, via the labor of colonial-era craftspeople, into new commodities. Sometimes those workshops amalgamated different historical epochs into their products. An undated glass negative shows a particularly curious example of historical blending in Islamic ceramics forgery (fig. I.11). The plate comes from the archives of Antoin Sevruguin (1851–1933), a Russian of Armenian-Georgian descent who ran a successful photography business in Tehran in the late nineteenth and early twentieth centuries. It is one of a set that show historic ceramics photographed in studio settings, including vessels and dishes that were in the possession of well-known dealers by 1910 and 1912.[45] The photographs were presumably com-

I.10. Islam Akhun and workshop, Zahhak figurine, fired earthenware. Khotan, late 19th century. Height 61 cm. State Hermitage Museum, St. Petersburg, ГА-3053.

missioned before 1910 for circulation on the market to potential buyers and they were probably taken in Sevruguin's Tehran studio.

The appearance of the large monochrome glazed jar in the center of the negative plate clearly indicates that it was created in the modern era and intended to look archaic. The processes of making (and identifying) fabrications and forgeries are treated at length in chapter 3; here it is enough to say that questions are immediately raised by the very crudely rendered turbaned figures, birds, and animals that have been pastily applied to the body of the jar. These do not fit with any known ceramics tradition from the premodern Islamic world and look more like pastrywork than a potter's art.[46] The problems do not stop with the figural imagery. Like some of the Asiatic Terracottas, the jar has been deliberately broken into large pieces before being ostentatiously stuck back together, making a show of its fragmentation without causing it to sustain any actual loss. Finally, and most startlingly, a curious addition sutures a much older historical period into an otherwise vaguely medievalizing invention. The characters around the neck of the jar are obviously intended to mimic the cuneiform script of ancient Near Eastern clay tablets, a script used from around 3000 BCE to the first century CE. They have, however, been made at an enlarged scale and in positive by applying strips of clay onto the surface of the jar, in contrast to real cuneiform which is inscribed

I.11. Studio photograph of ceramics. Positive image from glass plate negative, probably taken before 1910 in Tehran. Antoin Sevruguin/National Museum of Asian Art Archives, Smithsonian Institution, Myron Bement Smith Collection, Gift of Katharine Dennis Smith, 1973–85, FSA_A.04_2.12.GN.26.05.